鬥嘴一班學習系列

鬥嘴一班
學文言經典

漫畫編寫：卓瑩

知識內容：梁美玉

新雅文化事業有限公司
www.sunya.com.hk

目錄

一、詠物寫景篇

二、記事抒情篇

三、借事說理篇

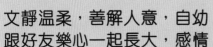

人物介紹

文靜溫柔，善解人意，自幼跟好友樂心一起長大，感情深厚，情同姊妹。

樂心

出身富裕人家，平易近人，好奇心強，琴棋書畫皆有涉獵，特別喜愛牡丹花。

小柔

吳慧珠

僖來茶坊店主的小女兒，個性豁達單純，熱愛烹飪，夢想成為天下第一廚娘。

周志明

悅來茶坊的小少爺，觀察力強，對茶藝頗有研究，為人愛面子，不服輸。

高立民

温文儒雅，愛舞文弄墨，是個典型的書生。

胡直

生得高大結實，孔武有力，心直口快，守不住秘密。

謝海詩

父親是著名的謝夫子，自小受父親熏陶，知書達禮，愛表現自己。

黃子祺

為人淘氣，愛熱鬧，經常戲弄別人，令人又愛又恨。

天下第一茶坊

前言

　　中國文言經典及古詩文都是承載着中華文化的語言精華。這些寶貴的文學作品語言精練，還刻畫了古代美麗的自然風光、展現了社會風貌和文化風俗習慣。在閱讀這些經典作品時，我們慢慢地學會欣賞古代文言的語言之美。透過背誦文言篇章精華，同學不但可培養文學素養，還可以吸收語文知識，學習修辭手法、語法及句式運用，奠定學好語文的基礎。

　　本書收錄了香港教育局建議小學生閱讀的文言經典篇章，按三類內容分類，分為「詠物寫景篇」、「記事抒情篇」和「借事說理篇」，配合譯文解釋、賞析、文學背景介紹及相關語文知識，加上「語文挑戰站」，以篇章相關題目鞏固記憶，助你輕鬆提升文言文閱讀能力。

　　現在《鬥嘴一班》的同學們也來到古代學習文言經典，大家快來一起學習傳誦千古的經典篇章吧！

一、詠物寫景篇

這是鵝嗎？什麼詩有寫鵝的啊？

我知道！

鵝鵝鵝，曲項向天歌。
白毛浮綠水，紅掌撥清波。

沒錯，正是初唐四傑之一駱賓王的《詠鵝》啊！

慧珠，你畫了什麼？

慧珠，你還未開始畫嗎？

我已經完成了啦！

你畫的是什麼詩？

就是唐朝詩人柳宗元的《江雪》啊！

就是「千山鳥飛絕，萬徑人蹤滅。孤舟蓑笠翁，獨釣寒江雪。」這一首，對吧？

一字不差，公主真厲害！

詩文內容

江南　漢樂府民歌　佚名

江南可採蓮，蓮葉何田田，
魚戲蓮葉間。魚戲蓮葉東，
魚戲蓮葉西，魚戲蓮葉南，
魚戲蓮葉北。

譯文　江南的採蓮季節到了，圓圓的蓮葉一片連着一片，密密地鋪滿荷塘，多麼茂密。活潑的魚兒在蓮葉間穿梭嬉戲，時而向東，時而向西，時而向南，時而向北。

賞析

　　《江南》是一首寫景詩，生動地描畫了一幅江南採蓮圖。這首詩前三句描寫了江南的採蓮季節到了，荷塘蓮葉茂密，魚兒在蓮葉間嬉戲的情景，反映出江南蓮池的秀麗風光和採蓮人的愉快心情。接着四個詩句寫魚兒在不同方位嬉戲，迴環往復的句式展現出結構美和節奏感，令人琅琅上口，突顯了民歌的清新樸實的特色。

文學背景

　　漢武帝時期，設有「樂府」這一個官方機構，負責採集民間歌謠，製成樂章讓皇帝和朝廷官員了解民間。後來人們把樂府所整理的民歌叫作「樂府詩」或簡稱「樂府」。除了民間創作外，也有文人創作的樂府詩，因此「樂府」漸漸成為一種文學體裁。

　　江南水鄉每到夏季，長滿蓮花和蓮葉；到了秋天，蓮子成熟，年輕婦女划着小船，一邊唱歌，一邊採蓮，愉快地迎接豐收。

語文挑戰站

1 以下句子中着色的字詞是什麼意思？

(1) 江南可採蓮　　○A. 可以　　○B. 可能　　○C. 適合　　○D. 准許

(2) 蓮葉何田田　　○A. 何時　　○B. 為何　　○C. 如何　　○D. 多麼

(3) 魚戲蓮葉間　　○A. 扮演　　○B. 嬉戲　　○C. 戲弄　　○D. 游泳

2 這首詩描寫了什麼景物？

_____

3 詩人的心情怎樣？何以見得？

_____

4 以下哪一項不是這首詩的寫作特色？

○A. 疊字　　○B. 頂真　　○C. 反復　　○D. 迴環往復

詩文內容

詠鵝 (唐) 駱賓王

鵝鵝鵝，曲項[①] 向天歌[②]。
白毛浮綠水，紅掌撥[③] 清波。

譯文

「鵝，鵝，鵝！」一羣鵝兒面向藍天，伸着彎曲的脖子在唱歌。白色的羽毛漂浮在碧綠的水面上，紅紅的腳掌撥動着清清水波。

注釋

① 曲項：彎曲的脖子。
② 歌：放聲鳴叫。
③ 撥：划動。

賞析

　　《詠鵝》是一首詠物詩，透過描繪事物的形態特徵，生動地描畫一羣白鵝在池中游泳，抒發感情。開首三個「鵝」字，既可說是模擬鵝的叫聲，也可說是描寫小孩發現鵝而驚喜雀躍歡呼「鵝！鵝！鵝！」的情景。寫鵝羣伸着脖子向天空鳴叫，仿如唱歌那樣。接着用「浮」和「撥」字寫出鵝自在暢泳的動態，以「白毛」、「紅掌」突出鵝鮮明的色彩，呈現鵝神氣活現的模樣。詩人把鵝的聲音、外形、動態，甚至是池塘的環境都寫得栩栩如生，藉此讚美鵝的活潑可愛。

文學背景

　　駱賓王（約 626-684 年）字觀光，唐朝初期傑出的詩人，是「初唐四傑」之一。

　　《詠鵝》是用詩歌來讚美鵝的意思。據說在駱賓王七歲時，他家中來了一位客人，客人跟着駱賓王走到村外一個叫駱家塘的池塘，看到了一羣大白鵝在池塘裏游泳，客人便請他以鵝作詩，聰明伶俐的駱賓王觀察了一會，就構思出這首詩。

語文挑戰站

① 描寫鵝羣在水中悠然自得游泳的詩句是：＿＿＿＿＿＿＿＿＿＿＿

② 以下句子中着色的字是什麼意思？

(1) 曲項向天歌　　　項：＿＿＿＿＿＿＿＿＿＿＿

(2) 白毛浮綠水　　　浮：＿＿＿＿＿＿＿＿＿＿＿

(3) 紅掌撥清波　　　清：＿＿＿＿＿＿＿＿＿＿＿

③ 詩中主要運用哪兩種修辭手法？

○ A. 比喻　　○ B. 擬人　　○ C. 誇張　　○ D. 層遞　　○ E. 對偶

④ 以下的詩句運用了哪些描寫手法？請圈出適當的答案。

(1) 曲項向天歌　　　從（ 聽覺 / 視覺 ）描寫鵝的（ 靜態 / 動態 ）。

(2) 白毛浮綠水　　　從（ 聽覺 / 視覺 ）描寫鵝的（ 靜態 / 動態 ）。

(3) 紅掌撥清波　　　從（ 聽覺 / 視覺 ）描寫鵝的（ 靜態 / 動態 ）。

詩文內容

登鸛鵲樓 (唐) 王之渙

白日依^①山盡^②，黃河入海流。
欲窮^③千里目，更^④上一層樓。

譯文 黃昏的時候登上鸛鵲樓，看到太陽靠着遠山慢慢落下，黃河奔流到大海裏。想要看到千里以外的景色，就要再登上更高的一層樓了。

注釋
① 依：依傍，靠着。
② 盡：消失。
③ 窮：窮盡，使達到極點。
④ 更：再。

賞析

　　《登鸛鵲樓》是一首寫景詩，以五言絕句描繪了一幅壯闊無比的落日美景圖。第一、二句描寫了詩人登上鸛鵲樓所見的壯麗景色，夕陽依山而下，黃河滾滾東流，景致有動有靜，廣闊無邊，美不勝收。第三、四句意思深遠，詩人被眼前景色吸引，希望站得更高，看得更遠，既流露想更進一步飽覽景色的渴望，也表達詩人奮發向上的精神和高瞻遠矚的胸襟。全詩僅僅二十字，寫景、抒情、說理兼備，對偶技巧高超，傳誦千古。

文學背景

王之渙（公元 688-742 年）字季凌，并州（今山西太原）人，是盛唐時期著名的詩人，他的詩多描寫邊疆的壯闊風光。

鸛鵲樓位於山西蒲州鎮，因常有鸛雀居住而得名。鸛雀樓建於北周時期，存世七百年後，在元代初年被戰火損毀。新的鸛鵲樓在 1997 年重建，於 2002 年重新開放。它高 73.9 米，共三層，與黃鶴樓、岳陽樓、滕王閣合稱為「中國古代四大歷史文化名樓」。

語文挑戰站

1 詩人在什麼時分登樓？登樓後看到什麼景物？

詩人在 ＿＿＿＿＿＿＿ 時分登樓，登樓後看到 ＿＿＿＿＿＿＿ ， ＿＿＿＿＿＿＿ 。

2 以下的詩句屬於對偶嗎？如是，請在（ ）內加 ✔。

(1) 白日依山盡，黃河入海流。（　　）

(2) 欲窮千里目，更上一層樓。（　　）

3 詩人在詩中運用了哪些視線角度？（答案可多於一個）

○A. 近觀　　○B. 遠觀　　○C. 仰視　　○D. 俯視

4 詩人在詩中抒發了怎樣的情懷？

詩人抒發 ▢▢▢▢ 了的情懷。（答案須為四個字）

詩文內容

春曉 (唐) 孟浩然

春眠不覺曉①，處處聞②啼鳥③。
夜來風雨聲，花落知多少？

譯文　春天的夜裏睡得香甜，不知不覺已經天亮，醒來時，聽見到處都是鳥兒的鳴叫。昨天夜裏，聽到颳風下雨的聲音，不知道外面的花兒被吹落了多少？

注釋
① 曉：天剛亮的時候。
② 聞：聽。
③ 啼鳥：啼是鳥鳴。啼鳥在這裏指鳥啼，也就是鳥叫聲。

賞析

　　《春曉》是一首寫景詩，五言絕句，此詩運用聽覺和想像描寫春天的景色。詩人在首兩句寫春夜酣睡時，不知不覺天亮了，耳畔傳來鳥兒的啼聲，把詩人從睡夢中喚醒，呈現了百鳥爭鳴的春日景象。第三、四句詩人回想起昨晚聽到風雨聲，因而聯想到花兒可能被吹落了很多，透露出愛惜花卉的心情。作者把生活情景放入詩句中，真情流露，令人感到親切。

文學背景

　　孟浩然（公元 689-740 年），襄州襄陽人，是唐代山水田園詩派代表作家之一。年青時一直隱居在家鄉鹿門山讀書，到了四十多歲，才到京城長安應考進士，希望踏足官場施展政治抱負，可惜願望未能實現。他寫的詩多以山水田園為題材，擅長在無情的自然物上賦予充沛的感情。

語文挑戰站

1 請圈出押韻的字。

春眠不覺曉，處處聞啼鳥。

夜來風雨聲，花落知多少？

2 這首詩描寫了哪些景物？主要運用了哪一種感官描寫？

(1) 描寫了 ＿＿＿＿＿＿＿＿＿＿＿＿＿＿＿＿，晚上 ＿＿＿＿＿＿＿＿＿＿＿＿＿＿＿。

(2) 主要運用了 ＿＿＿＿＿＿＿＿＿＿＿＿＿＿ 描寫。

3 這首詩運用了哪一種記敍手法？試簡單說明。

＿＿＿＿＿＿＿＿＿＿＿＿＿＿＿＿＿＿＿＿＿＿＿＿＿＿＿＿＿＿＿＿＿＿＿＿＿

4 詩人在詩中流露了什麼情感？

＿＿＿＿＿＿＿＿＿＿＿＿＿＿＿＿＿＿＿＿＿＿＿＿＿＿＿＿＿＿＿＿＿＿＿＿＿

詩文內容

江雪 （唐）柳宗元

千山鳥飛絕①，萬徑②人蹤③滅。
孤舟蓑④笠⑤翁，獨釣寒江雪。

譯文

一座座山峯沒有飛鳥的影子，一條條小路沒有行人的足跡。孤零零的小船上坐着一位頭戴斗笠、身披蓑衣的老翁，滿天大雪下，他在寒冷的江中獨自釣魚。

注釋

① 絕：無，絕跡。
② 徑：小路。
③ 蹤：蹤跡，這裏指足跡、腳印。
④ 蓑：蓑衣，用棕皮或莎草編成的雨衣。
⑤ 笠：斗笠，用竹條編成的雨帽。

賞析

　　《江雪》是一首寫景詩，五言絕句，此詩描畫了一幅雪景垂釣圖。首兩句寫茫茫白雪下飛鳥絕跡，人蹤湮沒，在「千山」、「萬徑」下一切動態都「絕」、「滅」，營造出萬籟無聲的幽靜氣氛。在嚴寒的江上，老翁不怕寒雪獨自垂釣，突顯他清高孤傲，不為環境所影響的個性。作者在詩中投射了自己不受外在環境影響，堅守志向的清高品格。

文學背景

　　柳宗元（公元 773-819 年）字子厚，唐代詩人、文學家。他與韓愈是「古文運動」的倡導者，並稱「韓柳」，在「唐宋八大家」居首要地位。他與韋應物都是著名的田園詩人，合稱「韋柳」。

　　柳宗元參與了宰相王叔文領導的改革，失敗後被貶到荒蕪的永州。他在困境中寄情山水，也不忘堅持信念，要做個品格高尚的人。這首詩正是柳宗元當時心態和處境的自畫像。

語文挑戰站

① 請圈出押韻的字。

千山鳥飛絕，萬徑人蹤滅。

孤舟蓑笠翁，獨釣寒江雪。

② 這首詩描寫了哪些景物？

山峯＿＿＿＿＿＿，小路＿＿＿＿＿＿，江上只有＿＿＿＿＿＿＿＿＿。

③ 以下哪些項目符合詩歌對老翁的描述？

① 他拿着雨傘。　　② 他穿着雨衣。

③ 他坐在江邊。　　④ 他乘着小船。

○ A. ①③　　○ B. ①④　　○ C. ②③　　○ D. ②④

④ 詩人在詩中流露了什麼想法？

＿＿＿＿＿＿＿＿＿＿＿＿＿＿＿＿＿＿＿＿＿＿＿＿＿＿＿＿＿＿

詩文內容

蜂 （唐）羅隱

不論平地與山尖，
無限風光盡^①被占^②。
採得百花成蜜後，
為誰辛苦為誰甜？

譯文 　無論是平地還是山峯，繁花盛開的處處風光，全都被蜜蜂佔據。牠們採盡百花釀成蜂蜜後，到底是在為誰辛苦忙碌？為誰釀造香甜的蜂蜜呢？

注釋
① 盡：全都。
② 占：通「佔」，佔據。

賞析

　　《蜂》是一首詠物詩，當中寄寓道理。詩的首兩句寫繁花盛放的地方總有蜜蜂的蹤影，讚揚牠們勤勞的個性。後兩句詩人感歎蜜蜂辛辛苦苦採花釀蜜後，辛勤的成果卻被人奪去。一前一後形成強烈的對比，詩人對蜜蜂的遭遇表達深切同情，更對不勞而獲的人表示痛恨和不滿。最後一句「為誰辛苦為誰甜」既可作疑問句，引發讀者反思蜜蜂的無奈處境，也可作為感歎句，慨歎蜜蜂的不幸遭遇。

文學背景

　　羅隱（公元 833-909 年），字昭諫，新城（今浙江富陽市新登鎮）人，是唐代的詩人。羅隱曾經多次應考進士試，都失敗而回。失敗的經驗使他對當時考試制度和朝廷失望，也漸漸關注起社會上百姓辛苦工作而部分官員卻不勞而獲的不公平現象，因而寫詩諷喻。羅隱在唐代末年的文壇很有名氣，當時他和溫庭筠、李商隱合稱「三才子」。

語文挑戰站

❶ 請圈出押韻的字。

不論平地與山尖，　無限風光盡被占。

採得百花成蜜後，　為誰辛苦為誰甜？

❷ 以下句子中着色的字詞是什麼意思？

(1) 不論平地與山尖　　　　山尖：＿＿＿＿＿＿＿＿＿＿

(2) 為誰辛苦為誰甜？　　　甜：＿＿＿＿＿＿＿＿＿＿

❸ 詩中的蜜蜂有怎樣的個性？牠們有什麼遭遇？

(1) 個性：☐☐　　　（答案須為兩個字）

(2) 蜜蜂的遭遇：＿＿＿＿＿＿＿＿＿＿＿＿＿＿＿＿＿＿

❹ 看到蜜蜂的遭遇，作者有什麼感想？

＿＿＿＿＿＿＿＿＿＿＿＿＿＿＿＿＿＿＿＿＿＿＿＿＿＿＿＿＿＿＿

詩文內容

畫雞 （唐）唐寅

頭上紅冠不用裁，
滿身雪白走將來①。
平生不敢輕言語，
一叫千門萬戶開。

譯文 頭上的紅色冠子不用剪裁，雄雞身披雪白的羽毛走過來。
牠平常不輕易鳴叫，但叫的時候，千家萬戶的門都會打開。

注釋 ① 走將來：走過來。將：助詞，表示動作開始。

賞析

　　《畫雞》一詩先寫公雞的外貌和神態，「頭上紅冠不用裁，滿身雪白走將來」頭上紅冠和一身雪白構成強烈的色彩對比，「走將來」的動態突顯雄糾糾的神態。「平生不敢輕言語，一叫千門萬戶開。」寫公雞平日不輕易鳴叫，但清晨來到，牠發出響亮的叫聲，家家戶戶都開門迎接。作者托物言志，通過公雞的特點，表達了自己渴望「輕易不鳴，鳴則動人」的遠大抱負。

文學背景

　　唐寅（公元 1470-1523 年），字伯虎，一字子畏，號「六如居士」，他既擅長作畫，也擅長寫作，是明代著名的畫家和文學家，才氣橫溢。他在詩壇享有盛名，與祝允明、文徵明、徐禎卿並稱「江南四大才子」，在畫壇聲名更高，與沈周、文徵明、仇英合稱「吳門四家」。

　　《畫雞》是一首題畫詩，詩人為自己所畫的一隻大公雞所題的詩。

語文挑戰站

1 請圈出押韻的字。

　頭上紅冠不用裁，滿身雪白走將來。

　平生不敢輕言語，一叫千門萬戶開。

2 以下句子中着色的字詞是什麼意思？

　(1) 頭上紅冠不用裁　　　裁：＿＿＿＿＿＿＿＿＿＿

　(2) 平生不敢輕言語　　　輕：＿＿＿＿＿＿＿＿＿＿

3 詩中寫出了公雞怎樣的形象？

　　　　　　　　　（答案須為四個字）

4 詩人如何在詩中托物言志？

　(1) 雄雞的特點：不會＿＿＿＿＿＿＿＿＿，但＿＿＿＿＿＿＿＿＿。

　(2) 作者的志向：渴望自己能「＿＿＿＿＿＿＿＿＿＿＿＿＿」。

詩文內容

絕句 （唐）杜甫

兩個黃鸝^①鳴翠柳，
一行白鷺^②上青天^③。
窗含西嶺^④千秋雪，
門泊東吳^⑤萬里船。

譯文 兩隻黃鸝在翠綠的柳枝上鳴叫着，排成行列的白鷺飛上了藍藍的天空。窗外正對着西嶺上終年不化的積雪，門外則停泊着來自東吳，遠行萬里而來的船隻。

注釋
① 黃鸝：即黃鶯，一種黃羽毛、紅嘴的鳥，叫聲動聽。
② 白鷺：一種水鳥，白羽毛、長足、尖嘴，遷徙時會成羣列隊。
③ 青天：蔚藍色的天空。
④ 西嶺：指成都西南面的岷山，終年積雪。
⑤ 東吳：指三國時代吳國的屬地，今江蘇省一帶。

賞析

　　這首詩描繪了詩人在成都草堂看到的景物。第一、二句寫綠柳、黃鸝、白鷺和藍天，畫面色彩豐富，加上悅耳的鳥聲，有聲有色描繪愉快的景象。第三、四句寫作者靠窗遠眺西山雪嶺，然後看到門外的江邊停泊的船隻，一派幽靜安定。遠山白雪象徵詩人在艱苦歲月中仍能保持高尚的情操；停泊的船象徵社會回復安定，詩人不禁流露出喜悅。

文學背景

　　杜甫（公元 712-770 年），字子美，號「少陵野老」，唐代著名詩人。他的作品多反映社會寫實，抒發憂國憂民的情懷，有「詩史」的美譽。由於當時發生了安史之亂，杜甫避往梓州。第二年，叛亂得以平定，杜甫終於回到成都草堂。當時，他的心情愉悅，看到眼前生機勃勃的美景，即興寫下這首詩。

語文挑戰站

1 以下句子中着色的字詞是什麼意思？

(1) 兩個黃鸝鳴翠柳　　　鳴：＿＿＿＿＿＿＿＿＿＿＿

(2) 窗含西嶺千秋雪　　　含：＿＿＿＿＿＿＿＿＿＿＿

2 以下的詩句屬於對偶嗎？如是，在（　）內加 ✔。

(1) 兩個黃鸝鳴翠柳，一行白鷺上青天。（　　　）

(2) 窗含西嶺千秋雪，門泊東吳萬里船。（　　　）

3 詩人在詩中運用了哪些視線角度？（答案可多於一個）

◯ A. 近觀　　◯ B. 遠觀　　◯ C. 仰視　　◯ D. 平視　　◯ E. 俯視

4 詩人如何借物抒情？

詩人借描寫自己在 (1)＿＿＿＿＿＿＿＿＿＿＿看到的景物，抒發在社會

(2)＿＿＿＿＿＿＿＿＿＿＿後感到 (3)＿＿＿＿＿＿＿＿＿＿＿的心情。

詩文內容

山行 （唐）杜牧

遠上^①寒山^②石徑斜^②，
白雲生處^④有人家。
停車坐^⑤愛楓林晚，
霜葉^⑥紅於二月花。

譯文　遠遠通往秋山上的石路彎彎曲曲，白雲飄浮的山林深處住着幾戶人家。停下車是為了欣賞我喜愛的楓林夜景，經過秋霜的楓葉比二月盛開的花還要鮮紅。

注釋
① 遠上：遠遠地向上伸展。
② 寒山：深秋季節的山。
③ 斜：歪斜曲折。
④ 白雲生處：白雲飄盪的地方，指山林的最深處。
⑤ 坐：因為。
⑥ 霜葉：經過霜凍之後的楓葉。

賞析

　　詩的首兩句寫「寒山」、「石徑」、「白雲」，畫面上只有遠遠的山、幾朵白雲、幾間小屋，灰冷的色調令人感到秋天的清冷蕭瑟；第三句寫他因喜愛秋楓夜景而停車欣賞，為何秋景使他這般着迷？最後一句解開疑團，原來楓葉紅得鮮豔耀眼，令人恍然大悟，原來秋天也有豔麗繽紛的一面。整首詩以前後描寫的顏色為對比，筆調上也展現詩人豪爽樂觀、積極進取的心態。

文學背景

杜牧（公元 803-852 年），字牧之，唐代詩人。他的家勢顯赫，祖父杜佑是唐代三朝的宰相，因此家境富裕，但十餘歲時父親逝世，家道中落，多次搬遷，食用也不足。杜牧中進士後，曾調到窮困的黃州擔任刺史，革除了官吏和豪強的收稅陋習。

杜牧精於寫詩和文章，不但寫景抒情，更詠史懷古，風格飄逸豪放，雄姿英發。人們稱他為「小杜」，以別於大詩人杜甫。

語文挑戰站

1 請圈出押韻的字。

遠上寒山石徑斜，白雲生處有人家。

停車坐愛楓林晚，霜葉紅於二月花。

2 詩人如何寫景？

先寫遠遠的 (1)＿＿＿＿＿＿、幾朵 (2)＿＿＿＿＿＿、幾間 (3)＿＿＿＿＿＿，以 (4)＿＿＿＿＿＿ 的色調寫出秋天的蕭瑟；然後寫楓葉 (5)＿＿＿＿＿＿，帶出秋天 (6)＿＿＿＿＿＿ 的一面。

3 詩人寫秋天的景物，為何提及春天的花？

詩人運用（對比 / 對偶），以春天的花顯出＿＿＿＿＿＿。

4 從哪一句可知詩人喜愛秋天的景色？為什麼？

＿＿＿＿＿＿＿＿＿＿＿＿＿＿＿＿＿＿＿＿＿＿＿＿＿＿＿＿＿＿＿＿＿＿

詩文內容

元日① (宋) 王安石

爆竹聲中一歲除，
春風送暖入屠蘇②。
千門萬戶瞳瞳③日，
總把新桃換舊符④。

譯文　在爆竹聲中一年又過去了，春風把暖意融入屠蘇酒中。
千家萬戶迎接新年溫暖的旭日，總要用新的桃符換掉舊的。

注釋
① 元日：元旦
② 屠蘇：酒名。
③ 瞳瞳：日出時光亮的樣子。
④ 新桃換舊符：桃符，古代風俗用桃木板寫上兩個門神的名字或畫上他們的
　 圖像，掛在大門左右驅鬼避邪，每年元旦換新。

賞析

　　這首詩描寫了宋代人們迎接新年的場面。第一、二句寫家家戶
戶點燃爆竹，喝着屠蘇酒的新年習俗，展現過年的熱鬧氣氛。「春風
送暖」形象地點出春回大地的暖意，更融入屠蘇酒中，描寫生動。第三、
四句描寫在春光明媚的早上，家家戶戶送舊迎新，喜氣洋洋。全詩巧用
多感官描寫，以視覺、聽覺、觸覺描繪出熱鬧的場面。

文學背景

　　王安石（公元 1021-1086 年），字介甫，號半山，臨川（今屬江西省）人。北宋詩人、著名政治家，是唐宋古文八大家之一。他早期的詩作以反映社會現實為主，也蘊含人生哲理；晚年的詩作多寫閒適生活，風格清新脫俗。

　　寫作《元日》時，王安石擔任宰相，正在大刀闊斧地革除時弊、推行新法，因此這首詩抒發了他當時躊躇滿志的心情，表達他對改進的堅定信念和抱負。

語文挑戰站

1 詩人描寫了宋代人哪些賀年習俗？

(1) ＿＿＿＿＿＿＿　　　(2) ＿＿＿＿＿＿＿　　　(3) ＿＿＿＿＿＿＿

2 全詩營造了怎樣的氣氛？全詩營造了 ⬚⬚ 和 ⬚⬚ 的氣氛。

3 以下詩句運用了哪些感官來描寫？

詩句	視覺	聽覺	觸覺
(1) 爆竹聲中一歲除	○	○	○
(2) 春風送暖入屠蘇	○	○	○
(3) 千門萬戶曈曈日，總把新桃換舊符。	○	○	○

4 詩中主要運用哪兩種修辭手法？

○A. 比喻　　○B. 擬人　　○C. 層遞　　○D. 對偶　　○E. 疊字

詩文內容

小池 （宋）楊萬里

泉眼①無聲惜細流，
樹陰②照水愛晴柔。
小荷才露尖尖角，
早有蜻蜓立上頭。

譯文 小池塘的泉眼無聲地讓水流出，珍惜那細細的水流，樹蔭映照在水面上，喜愛晴天裏柔和的光線。剛長出來的荷葉在水面上露出小小尖角，蜻蜓早已急不及待站在它的上面。

注釋
① 泉眼：流出泉水的小洞口。
② 樹陰：即「樹蔭」。

賞析

　　這首詩寫初夏小池塘的景致，四句詩就是四幅特寫。第一、二句寫泉水悄靜地細細流動，樹蔭映照在水面上，「惜」和「愛」兩字為自然物賦予人的細膩感情，突顯景色的柔和靜謐。第三、四句，鮮嫩的荷葉才剛從水面露出，蜻蜓卻早已站在它的上頭。「才露」、「早立」互相呼應，描繪出蜻蜓與荷葉相依的和諧景象。作者以清新樸實的詩句，把讀者帶入柔和怡人的大自然中。

文學背景

　　楊萬里（公元 1127-1206 年），字廷秀，號誠齋，南宋著名的詩人，是「南宋四大家」之一。

　　他一生作詩兩萬多首，流傳至今的也有四千二百多首，被譽為一代詩宗。楊萬里詩歌大多描寫自然景物，也透過詩歌反映民間疾苦，抒發愛國情懷；他喜愛運用淺白樸實的文字入詩，風格清新自然，妙趣橫生，成為別樹一幟的「誠齋體」。

語文挑戰站

❶ 以下句子中着色的字是什麼意思？

泉眼無聲惜細流，樹陰照水愛晴柔。

(1) 惜：＿＿＿＿＿＿＿＿。　　　(2) 照：＿＿＿＿＿＿＿＿。

❷ 以下句子是否符合詩歌的內容？符合的，在（　）內加 ✔。

(1) 泉水湍急地流動。（　　）　　(2) 陽光不猛烈。（　　）

(3) 荷葉的邊緣尖尖的。（　　）　(4) 蜻蜓天未亮就站在荷葉上。（　　）

❸ 詩的第一、二句如何運用擬人？

第一句	寫泉眼 (1) ＿＿＿＿＿＿＿，使它具有人的 (2) ＿＿＿＿＿。
第二句	樹蔭 (3) ＿＿＿＿＿＿＿，使它具有人的 (4) ＿＿＿＿＿。

詩文內容

題西林壁 （宋）蘇軾

橫看^①成嶺^②側成峯^③，
遠近高低各不同。
不識廬山真面目，
只緣身在此山中。

譯文

從正面看廬山，山嶺綿延起伏；從側面望去卻是巍然聳立的高峯。
從遠到近、由高至低看廬山，景色各有不同。
我不能了解廬山的整體面貌，只因為我身處這座山中。

注釋

① 橫看：視線在正面兩邊張望。
② 嶺：橫向伸延、連綿不斷的山。
③ 峯：山的尖頂。

賞析

　　《題西林壁》是詩人登臨廬山，飽覽勝景之後有感而發的詩作。首兩句詩人從正面、側面、遠處、近處、高處、低處等不同的角度去欣賞廬山，突出名山的千姿萬態。後兩句解釋何以看不到廬山的全貌，正是因為身在山中，視線被四周的環境擋住。這首詩不在細微地方着墨，而由宏觀角度寫景，也說出局外人有時會比局內人更容易看到事物真相的道理。

文學背景

　　蘇軾（公元 1036-1101 年）字子瞻，號東坡居士，北宋文學家、書畫家。蘇軾曾出任地方官，在各地興修水利，救濟災民，深受百姓愛戴。蘇軾在文學上有極大成就，詩、詞、古文，樣樣精通，是「唐宋古文八大家」之一，與父親蘇洵、弟弟蘇轍合稱「三蘇」。

　　《題西林壁》的詩題是指寫詩在西林寺的牆壁上。西林寺位於廬山西北，是著名的寺廟。

語文挑戰站

1 請圈出押韻的字。

橫看成嶺側成峯，遠近高低各不同。

不識廬山真面目，只緣身在此山中。

2 以下句子中着色的字詞是什麼意思？

(1) 不識廬山真面目　　　識：＿＿＿＿＿＿＿＿＿＿

(2) 只緣身在此山中　　　緣：＿＿＿＿＿＿＿＿＿＿

3 詩人運用了哪些景物描寫手法？（答案可多於一個）

○A. 近觀　　○B. 遠觀　　○C. 仰視　　○D. 多角度　　○E. 多感官

4 詩人藉寫景說明了什麼道理？

詩人藉自己 (1)＿＿＿＿＿＿＿＿，視線 (2)＿＿＿＿＿＿＿＿＿＿，看不清

廬山全貌，帶出 (3)＿＿＿＿＿＿＿＿，(4)＿＿＿＿＿＿＿＿ 的道理。

詩文內容

曉①出淨慈寺②送林子方 （宋）楊萬里

畢竟③西湖六月中，
風光不與四時④同。
接天⑤蓮葉無窮碧⑥，
映日荷花別樣紅。

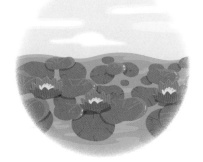

譯文 果然是西湖六月的景色，風光與其它季節大不相同。接連天際的荷葉一片碧綠，望不到盡頭；陽光映照下，荷花顯得特別紅。

注釋
① 曉：清晨。
② 淨慈寺：位於西湖西南的著名寺院。
③ 畢竟：到底、果然。
④ 四時：春、夏、秋、冬四季，這裏指夏季以外的其他季節。
⑤ 接天：形容一望無際，好像接連天際。
⑥ 無窮碧：蓮葉一片碧綠，望不到盡頭。

賞析

　　這首詩描寫杭州西湖六月的美景。首兩句指出六月的西湖與其他季節不同，「畢竟」二字突顯風光的獨特不凡。後兩句描繪了六月西湖為何與別不同：荷葉從湖面伸展至天空，藍天、綠葉、紅花構成了色彩鮮明的構圖，而荷花在藍天、綠葉映襯下，顯得特別鮮紅明麗。作者借六月湖的獨特美景，曲折地表達捨不得友人林子方的離開，希望對方能為這美好的西湖留下。

文學背景

　　楊萬里（公元 1127-1206 年），字廷秀，號誠齋，是南宋著名的詩人，是「南宋四大家」之一。他的詩多描寫自然景物，風格清新自然，妙趣橫生，成為別樹一幟的「誠齋體」。

　　林子方與詩人是志同道合的好友。後來，林子方被調派到福州任職，為升官而高興。但楊萬里不這麼想，於是送行時以詩句勸對方留下。

語文挑戰站

1 請圈出押韻的字。

畢竟西湖六月中，　風光不與四時同。

接天蓮葉無窮碧，　映日荷花別樣紅。

2 以下句子中着色的字詞是什麼意思？

映日荷花別樣紅。

(1) 映：＿＿＿＿＿＿＿　　　　(2) 別樣：＿＿＿＿＿＿＿

3 詩中六月的西湖有哪些美景？

(1) ＿＿＿＿＿＿＿　　(2) ＿＿＿＿＿＿＿　　(3) ＿＿＿＿＿＿＿

4 詩中主要運用哪些種修辭手法？（答案可多於一個）

○ A. 比喻　　　○ B. 擬人　　　○ C. 層遞

○ D. 對偶　　　○ E. 襯托　　　○ F. 對比

詩文內容

石灰^① 吟 （明）于謙

千錘^②萬擊出深山，烈火焚燒若等閒^③。

粉骨碎身全不怕，要留清白在人間。

譯文　只有經過千萬次錘打開鑿，（石灰石）才能從深山開採出來，熊熊烈火的焚燒對它來說好像是很平常的事情。
即使粉身碎骨也毫不懼怕，只想在人間留下清白。

注釋
① 石灰：指石灰石，燒製成粉狀後可作建築和醫藥等用途。
② 錘：錘打。
③ 等閒：尋常，平常。

賞析

　　《石灰吟》是一首詠物言志的詩。全詩表面寫石灰的開採、燒製和加工的過程，「千錘萬鑿」、「烈火焚燒」、「粉身碎骨」，深層意思是比喻人的品格修養。石灰經過了千萬次錘鍊變得潔白，人的品格經過鍛煉和考驗也會變得清白而高尚。年輕的于謙以巧妙的比喻和聯想，藉石灰抒寫出勇於面對考驗的抱負。這首詩語言樸實，意思卻深遠。

文學背景

于謙（公元 1398-1457 年），字廷益，明代詩人、軍事家。明英宗時，蒙古瓦剌部族在土木堡打敗明軍，擄走英宗。于謙當時擔任兵部尚書，當機立斷地擁立景帝，並率軍打敗瓦剌軍，使國家轉危為安。可是英宗回朝後，他被誣陷而遭殺害。

他的詩作樸實無華，常抒發憂國憂民的情懷。《石灰吟》作於于謙十六歲時，「吟」指吟頌，即讚頌石灰。

語文挑戰站

❶ 請圈出押韻的字。

千錘萬擊出深山，烈火焚燒若等閑。

粉骨碎身全不怕，要留清白在人間。

❷ 以下句子中着色的字詞是什麼意思？

烈火焚燒若等閑。

(1) 若：＿＿＿＿＿＿＿＿　　(2) 等閑：＿＿＿＿＿＿＿＿

❸ 詩中指出了石灰石的哪些特性？

(1) 開採時	能抵受＿＿＿＿＿＿＿＿。
(2) 燒製加工時	能＿＿＿＿＿＿＿＿，最後＿＿＿＿＿＿＿＿。

❹ 這首詩主要運用了哪一種修辭手法？

○ A. 比喻　　○ B. 對偶　　○ C. 對比　　○ D. 擬人

詠雪 (清) 鄭燮

一片兩片三四片，五六七八九十片。

千片萬片無數片，飛入梅花都不見。

譯文

詩人數着一片又一片的雪花，由一數到十，大雪紛飛，千萬朵雪花飄降下來，無數雪片飛入了梅花叢中，瞬間不見了。

賞析

　　《詠雪》顧名思義是一首詠雪詩，作者以巧妙構想，除了詩題外，一字不提雪，讀來卻滿眼都是雪。詩人在前三句巧用數字，從一至十，從千到萬以至無數，讓讀者仿如置身於漫天大雪中，到了最後一句，寫雪花突然飛入梅花叢中，一掃而空，也突出了梅花不畏寒冬的特色。這首詩的用字和布局都教人嘖嘖稱奇。詩人借潔白的雪，孤傲的梅花象徵了高尚的品格和不畏艱苦的精神。

文學背景

　　鄭燮（公元 1693-1765 年），字克柔，號板橋，清代書畫家、書法家、詩人。他擔任官職時關注民生，享有良好的聲譽。後來因向朝廷請求賑濟災民而開罪上層，自此住在揚州，以賣畫為生。他的詩常反映民間疾苦，而且蘊含深刻的道理。

　　據說鄭燮初到揚州時生活貧困。一天，他冒着大雪外出，遇上一羣正在吟詩的讀書人。他們見鄭燮衣着粗陋，就看不起他。結果鄭燮即興吟出《詠雪》一詩，使他們甘拜下風。

語文挑戰站

❶ 這首詩有哪些特色？在適當的（　　）內加 ✔。

A. 用字新穎（　　）　　　B. 用字淺白（　　）　　　C. 巧用數字（　　）

D. 巧用比喻（　　）　　　E. 巧用對偶（　　）　　　F. 設想奇妙（　　）

❷ 詩人如何借物喻人？

他借雪的＿＿＿＿＿＿＿＿＿＿和梅花的＿＿＿＿＿＿＿＿＿＿來象徵人

＿＿＿＿＿＿＿＿＿＿的品格和＿＿＿＿＿＿＿＿＿＿的精神。

❸ 為什麼鄭燮吟出這首詩，會令那羣讀書人甘拜下風？試猜想原因。

＿＿＿＿＿＿＿＿＿＿＿＿＿＿＿＿＿＿＿＿＿＿＿＿＿＿＿＿＿＿＿＿＿

＿＿＿＿＿＿＿＿＿＿＿＿＿＿＿＿＿＿＿＿＿＿＿＿＿＿＿＿＿＿＿＿＿

小總結

　　我們深入認識了15篇詠物寫景的作品，有漢樂府民歌、詩歌、五言絕句、七言絕句，作者描寫景色和物象，表達了對大自然和事物的感悟。這些經典詩文運用了精練的語言和修辭手法，音韻和諧，朗讀起來充滿節奏感，讓人琅琅上口，傳頌千古。

　　詠物寫景的作品通常會生動地描寫所詠之物或所見的景色，常見的修辭手法有比喻、象徵、擬人、對偶等等，作者會將自己的抱負或情感寄託在所寫的景物之中。

二、記事抒情篇

趣味漫畫2

何日再相逢

一仰而盡

大家放心，我們必定可以再重聚。

當天晚上，藍天城外江邊

春風又綠江南岸，明月何時照我還。

五十年後

藍天城

終於回來了！

我記得僖來茶坊
就在前方……

這兒多了很
多孩子呢！

老伯伯，請問您
是從哪兒來的？
您在找人嗎？

周志明

這兒原本的僖來茶坊，如今搬到哪兒去了？

僖來茶坊？沒聽説過！

這兒有一戶姓吳的人家嗎？

我們是李家村，附近居民都是姓李的。

啊……謝謝你們告知。

失望

打開—

詩文內容

七步詩 （三國·魏）曹植

煮豆持①作羹②，漉③豉④以為汁。
萁⑤在釜⑥下燃，豆在釜中泣。
本是同根生，相煎何太急。

譯文

煮着豆子拿來作稀湯，想把豆子過濾後留下豆汁。
豆梗在鍋底下燃燒，豆子在鍋裏面哭泣。
豆子和豆梗本來是同一條根上生長出來的，豆梗怎能這樣急迫地煎熬豆子呢！

注釋

① 持：拿來。
② 羹：這裏指稀薄的湯水而不是濃稠的湯，因下句提及隔水濾出豆汁。「持作羹」，一作「燃豆萁」。
③ 漉：過濾。
④ 豉：一作「菽」，豆類的總稱。
⑤ 萁：豆梗，曬乾後用來做燃料。
⑥ 釜：鍋子。

賞析

　　這首詩表面描述了燃梗煮豆的過程，實則表達了詩人對兄弟相殘的悲憤。詩人運用擬人法，寫豆哭訴自己和豆梗本是同根同源，豆梗怎能煎熬自己呢！詩人以豆和豆梗比喻自己和哥哥，以「泣」字表達內心的悲痛，藉此委婉地表達自己遭受哥哥迫害的處境，最後借豆的話提出了理直氣壯的質問：大家本是同胞兄弟，為什麼要苦苦相逼？情真意切，令人動容。

文學背景

　　曹植（公元 192-232 年），字子建，三國時期著名文學家，建安文學代表人物。他是魏武帝曹操的兒子，魏文帝曹丕的弟弟。他自少聰明，善於寫詩作文，被譽為「才高八斗」。

　　《世說新語》記述曹操去世後，長子曹丕繼位，曹丕嫉妒曹植的才華和威信，於是下令他在七步內作詩一首，內容必須包含兄弟之意而無兄弟二字，否則將他處死。曹植以煮豆為題材作詩，表達兄弟相殘的悲哀，最後曹丕感到慚愧而放過他。

語文挑戰站

1 請圈出押韻的字。

煮豆持作羹，漉豉以為汁。

萁在釜下燃，豆在釜中泣。

本是同根生，相煎何太急。

2 以下句子中着色的字是什麼意思？

其在釜下燃　　　燃：＿＿＿＿＿＿＿＿＿＿

3 詩人如何用煮豆作羹一事比喻兄弟相迫？

事物關係	人物關係
豆子和豆梗本來是 (1)＿＿＿＿＿＿＿＿	(2)＿＿＿＿＿＿＿＿＿＿
豆梗在鍋底下燃燒，(3)＿＿＿＿＿＿	(4)＿＿＿＿＿＿＿＿＿＿

4 詩人在詩中流露了怎樣的情感？

○ A. 心懷忌恨　　　○ B. 悲哀無奈　　　○ C. 不滿憤怒

詩文內容

回鄉偶書 （唐）賀知章

少小離家老大回，
鄉音無改鬢毛①衰②。
兒童相見不相識，
笑問客從何處來？

譯文　年輕時離開了家鄉，如今年老才回來。家鄉口音沒有改變，但是耳邊的鬢髮都已經斑白稀疏了。
小孩子見到我都不認識，還笑着問：「客人，請問您從哪裏來？」

注釋　① 鬢毛：耳邊的鬢髮。　　② 衰：粵音，吹。稀疏。

賞析

　　詩的首句先交代寫作背景，詩人辭官回到久別數十年的故鄉，第二句寫自己仍保留家鄉的口音，代表未有把家鄉遺忘，但容貌比離開時蒼老得多，鬢髮都斑白稀疏了。

　　第三句寫村裏的小孩不認識他，把他當成客人，笑着問他從何處來。這本是小孩天真自然的一句問候，卻引發出詩人無盡的感慨：自己離鄉日久，似乎已被鄉人所遺忘，回到熟悉的地方，卻變成了陌生人，使他百感交集。

文學背景

　　賀知章（公元 659- 約 744 年）字季真，自號四明狂客，唐代詩人。自武則天證聖元年（695）開始，長期在京師擔任官職。賀知章善寫詩和書法，在當時的文壇很有地位。

　　天寶三年（公元 744 年），賀知章八十多歲時辭官回家，告老還鄉，唐玄宗親自作詩給他送行，太子和百官都為他餞別。他回到闊別幾十年的故鄉，感到既熟悉又陌生，即興寫下《回鄉偶書》兩首小詩，這是其中一首。

語文挑戰站

❶ 詩題中的「偶書」是什麼意思？

　○ A. 偶一為之寫詩　　　○ B. 有感而發地寫詩

　○ C. 為餞別而寫詩　　　○ D. 一口氣寫兩首詩

❷ 詩中主要敍述什麼事情？

_____

❸ 詩人離鄉後有什麼變化？

_____

❹ 詩人在詩中如何抒發感受？流露了怎樣的情感？

詩人以（○ A. 樸素自然　　○ B. 華麗雕琢）的語言描寫回鄉時的感受，回到熟悉的地方，卻變成了陌生人，使他（○ A. 驚喜交集　　○ B. 百感交集）。

詩文內容

九月九日^① 憶山東^② 兄弟 （唐）王維

獨在異鄉^③為異客，
每逢佳節倍思親。
遙知^④兄弟登高處，
遍插茱萸^⑤少一人。

譯文　獨自在外地作客，每逢節慶的日子就會更加想念自己的親人。遠遠想到兄弟們在登高的地方，個個都插上茱萸，唯獨少我一個人。

注釋
① 九月九日：中國傳統節日重陽節，有登高的風俗。
② 山東：指詩人的故鄉蒲州（今山西省永濟縣），因在華山以東，所以稱作山東。
③ 異鄉：他鄉。詩人當時離開故鄉，身在長安，長安對他來說是他鄉。
④ 遙知：遠遠地想像。
⑤ 茱萸：一種香氣濃烈的草。古時人們認為重陽節佩戴茱萸可以避災祛邪。

賞析

　　詩的首句以「獨在」開首，再連用兩個「異」字，強烈地抒發自己孤身在外的陌生感。第二句寫「佳節」，節日原是一家團聚的喜慶事，但自己卻與家人分隔，難免特別思念親人。第三、四句他想像故鄉的兄弟們重陽登高時身上都佩戴了茱萸，卻發現少了詩人自己，似乎覺得自己單獨在外的處境並不值得訴說，反倒更關心兄弟的感受。全首用語樸素，更顯出情真意切。

文學背景

　　王維（公元 701-761 年），字摩詰，唐代詩人。他祖籍山西祁縣，自幼隨父親遷居到蒲州（今山西省永濟縣）。他在繪畫、音樂、書法等方面都有很高的造詣，也精通音樂。王維的詩題材廣泛，擅長寫山水田園詩。他的詩被譽為「詩中有畫，畫中有詩」。

　　這首詩是王維十七歲時的作品，當時他離開了家鄉蒲州，獨自到長安準備考試，在重陽節思念親人，於是寫詩抒發感受。

語文挑戰站

1 以下句子中着色的字詞是什麼意思？

獨在異鄉為異客，每逢佳節倍思親。

遙知兄弟登高處，遍插茱萸少一人。

(1) 異客：＿＿＿＿＿＿　　(2) 倍：＿＿＿＿＿＿　　(3) 遙：＿＿＿＿＿＿

2 詩歌的首句說明詩人怎樣的處境？

＿＿＿＿＿＿＿＿＿＿＿＿＿＿＿＿＿＿＿＿＿＿＿＿＿＿＿＿＿＿＿＿

3 當時的重陽有什麼習俗？試舉出兩種。

＿＿＿＿＿＿＿＿＿＿＿＿＿＿＿＿＿＿＿＿＿＿＿＿＿＿＿＿＿＿＿＿

4 詩句透露了詩人和他的兄弟有哪些感受？

(1) 詩人的感受：＿＿＿＿＿＿＿＿＿＿＿＿＿＿＿＿。

(2) 詩人兄弟的感受：＿＿＿＿＿＿＿＿＿＿＿＿＿。

詩文內容

靜夜思 （唐）李白

牀①前明月光，
疑②是地上霜。
舉頭望明月，
低頭思故鄉。

譯文

牀前灑滿皎潔的月光，我還以為地上鋪了一層白霜。
抬頭看着皎潔的月亮，低頭思念遙遠的故鄉。

注釋

① 牀：可解作臥牀、几子或井欄。
② 疑：以為、好像。

賞析

　　詩人遠離家鄉，孤身一人在外奔波。首兩句記一個清冷的秋夜，庭院寂靜，沒有一點聲響。皎潔的月光透過窗戶照射到牀前地面上，詩人從恍惚的光線中醒了過來，朦朧間以為是地上鋪了一層霜。後兩句記他定神一看，原來這不是秋夜的霜，而是月亮的光輝。抬頭看着皎潔的明月，低頭卻思念起遠方家鄉的親朋友好，流露無限的鄉愁。

文學背景

　　李白（公元 701-762 年），字太白，自號青蓮居士。他天才橫溢，當時在文壇很有地位的詩人賀知章稱他為「謫仙人」，意思是才學優異，猶如謫降人世的神仙，對李白的詩作大加讚賞，使李白的詩名更加名震京師。

　　李白的詩想像豐富，構思奇特，氣勢雄渾奔放，風格豪邁飄逸，他是盛唐浪漫主義詩歌的代表人物，後人推崇他為「詩仙」。詩題《靜夜思》的意思在安靜的夜裏有所感想。

語文挑戰站

1 請圈出押韻的字。

牀前明月光，疑是地上霜。
舉頭望明月，低頭思故鄉。

2 為什麼詩人的牀前會有明亮的月光？

_____

3 詩人在靜夜裏望着明月，心裏有什麼感想？

_____

4 「舉頭望明月，低頭思故鄉」運用了哪種修辭手法？

○A. 比喻　　○B. 對比　　○C. 對偶　　○D. 誇張

詩文內容

賦得古原① 草送別 （唐）白居易

離離②原上草，一歲一枯榮③。
野火燒不盡，春風吹又生。
遠芳侵④古道，晴翠⑤接荒城。
又送王孫⑥去，萋萋⑦滿別情。

譯文

原野上茂盛繁密的野草，每年都經歷一次枯萎和生長。野火不能把它燒盡，春風一吹它很快又生長起來。散發淡香的野草在古老的道路上蔓延，陽光下一片草原連接荒蕪的舊城。今天我又到古原上送別友人，繁茂的野草充滿了離別之情。

注釋

① 古原：年代久遠的荒郊平地。
② 離離：茂盛的樣子。
③ 枯榮：枯是枯萎，榮是繁茂。
④ 侵：蔓延。
⑤ 晴翠：指在陽光照耀下，草地反射出碧綠色。
⑥ 王孫：原指貴族公子，這裏指友人。
⑦ 萋萋：茂盛的樣子。

賞析

　　這首送別詩的首四句先寫野草生長的情況，讚頌它頑強的生命力，也暗喻蓬勃向上、積極進取的精神。後四句寫離別，芳草蔓延暗示遊子的去向，它長滿古道與荒城，表達出景物依舊、人事全非的惆悵失落。詩人送別友人之際，連隨風搖曳的芳草似乎也充滿離情別緒。這首詩通過對古原野草的描繪，既表達了與友人分別時的留戀之情，也反映了詩人的志向，情景交融。

文學背景

　　白居易（公元 772-846 年），字樂天，號香山居士，唐代詩人。他自幼聰慧，刻苦讀書，考取進士後，曾任刺史，七十一歲退休時官職至刑部尚書。由於他自貧困的環境中成長，因此體察民間疾苦。他的詩歌不但語言淺白，使老人、兒童都能明白，而且諷刺社會不平現象。

　　這詩題目前加「賦得」二字，即科舉考試的習作。這類應試詩作法上有很多束縛，向來佳作難得，但白居易這首詩卻寫得很出色。

語文挑戰站

❶ 詩人為何踏上荒郊草地？

_____

❷ 原野的草有哪些特性？代表了人的哪些個性？

草的特性	人的個性
每年都會 (1)_____ 和 (2)_____	(3)_____
野火 (4)_____，春天一到就 (5)_____	(6)_____

❸ 以下的詩句屬於對偶嗎？如是，在（　）內加 ✔。

(1) 離離原上草，一歲一枯榮。（　　）

(2) 野火燒不盡，春風吹又生。（　　）

(3) 遠芳侵古道，晴翠接荒城。（　　）

(4) 又送王孫去，萋萋滿別情。（　　）

詩文內容

遊子吟 （唐）孟郊

慈母手中線，遊子①身上衣。
臨行密密縫，意②恐遲遲歸。
誰言寸草心，報得三春③暉④？

譯文

慈愛的母親手拿着針線，替要出門的兒子縫製衣服。
在兒子臨走前一針針細密地縫着，擔憂他離家後遲遲不能歸來。
誰敢說子女像小草一般微小的孝心，能報答得到慈母如春天陽光普照的恩情呢？

注釋

① 遊子：離家在外地遠遊的人。
② 意：作動詞用，表示心想。
③ 三春：農曆一至三月是春季，三春即整個春天。
④ 暉：陽光。

賞析

　　詩人先記述了遊子遠行前，母親為兒子趕製衣服，「線」和「衣」象徵母子緊密的連繫。詩人仔細地刻畫母親密密縫衣的舉動，反映了母親對兒子遠行的憂慮和記掛。

　　看到此情此景，兒子感動不已，認為自己微細如「寸草」的孝心，無法報答母親像「春暉」温暖的恩情，藉反問句來加強語氣。詩人借遠行前母親為他處處設想的舉動，抒發自己對母親的感激之情。

文學背景

　　孟郊（公元 751-814 年），字東野，唐代詩人。早年隱居於嵩山，無意於科舉仕途。到了四十歲時不想再給父母添憂，於是閉門苦讀，努力考取功名，但屢試不第。在母親鼓勵下，他再接再厲，終於在四十六歲中進士，之後做過一些小官。他的詩反映了社會的世態炎涼，特別中下層文人的窮困處境。

　　孟郊在這首詩加上注腳：「迎母溧上作」。他五十歲時在溧陽縣擔任小官職，馬上接母親來同住，以盡孝道。

語文挑戰站

❶ 以下句子中着色的字是什麼意思？

(1) 意恐遲遲歸　　意：＿＿＿＿＿＿＿　　　恐：＿＿＿＿＿＿

(2) 報得三春暉　　報：＿＿＿＿＿＿

❷ 詩的首兩句寫了什麼事情？

＿＿＿＿＿＿＿＿＿＿＿＿＿＿＿＿＿＿＿＿＿＿＿＿＿＿＿＿＿＿＿＿＿

❸ 以下的詩句運用了哪些修辭手法？（答案可多於一個）

	比喻	對偶	疊字	反問
(1) 慈母手中線，遊子身上衣。	○	○	○	○
(2) 臨行密密縫，意恐遲遲歸。	○	○	○	○
(3) 誰言寸草心，報得三春暉？	○	○	○	○

詩文內容

憫農（其二）　（唐）李紳

鋤禾①日當午，汗滴禾下土。
誰知盤中飧②，粒粒皆辛苦③？

譯文

在田裏鋤草直到太陽正在頭頂猛烈曬着的正午時分，汗水滴落在禾苗下的土上。誰知道盤中的米飯，每一粒來得都很辛苦？

注釋

① 鋤禾：用鋤頭為禾苗鋤草翻土。
② 飧：粵音，孫。熟食，這裏指煮好的米飯。
③ 粒粒皆辛苦：每顆飯粒都是農民辛苦耕種得來的。

賞析

　　這首詩描寫了農民耕作的辛勞，抒發詩人對農民辛勤勞苦的敬意與同情。首兩句寫農民在正午烈日下拿起鋤頭為禾苗鬆土，幫助禾苗生長，希望有更好收成而辛苦得汗流浹背，汗水滴在禾苗生長的土地上，形象地呈現農民耕作的辛勞。

　　第三、四句，作者反問「有誰知道我們碗裏的米飯，每一粒都是農民辛苦換來的呢？」，不但加強對農民的憐憫和疼惜，也引起讀者的思考。

文學背景

　　李紳（公元 772-846 年），字公垂，唐代詩人。他曾擔任宰相，是個有抱負的人，後期捲入朋黨鬥爭的漩渦，未能實現他的濟世理想。在文學上，他是「新樂府運動」中的重要人物，提倡反映社會現實的新樂府。曾作《新題樂府》二十首，可惜沒有流傳。

　　《憫農》詩共有兩首，這是第二首。詩題《憫農》，憫是憐憫、同情的意思，表示同情農民，並為他們作不平之鳴。

語文挑戰站

1 農民為什麼要在烈日下拿起鋤頭？

_____

2 詩人怎樣用詩句突出糧食得來不易？

_____

3 詩人在這首詩表達了什麼？

①　憐憫農民的付出。　　　　②　疼惜農民工作辛苦。

③　他希望人們珍惜食物。　　④　為自己不知道農民的辛勞而慚愧。

○ A.　①②

○ B.　①②③

○ C.　①②④

○ D.　①②③④

詩文內容

清明 （唐）杜牧

清明①時節雨紛紛②，路上行人欲斷魂③。
借問④酒家⑤何處有，牧童遙指杏花村。

譯文

到了清明的前後，天空總會下着綿綿細雨，路上的行人都被陰暗的天氣感染，感到憂愁鬱悶。
我向人打聽哪裏有酒家，牧童的手遙遙指向遠處的杏花村。

注釋

① 清明：指清明節前後，古人在清明時有掃墓和到郊野遊覽等習俗。
② 紛紛：形容雨又細又密、接連不斷的樣子。
③ 斷魂 ：形容人憂愁鬱悶的樣子。
④ 借問：請問。
⑤ 酒家：賣酒的店舖。

賞析

　　這首詩寫清明時節詩人遇到的事，短短四句，卻齊備了「起承轉合」的結構。首兩句描寫環境，清明時節常細雨紛紛，在這天氣下，路上行人感到鬱悶。詩人身處其中，心情也受到影響。詩人想尋找酒家歇息一下，既可以避雨，又可以紓緩情緒，於是詩人向牧童詢問酒家在哪裏，牧童指着遠處的杏花村，告知酒家就在那兒。這首小詩用語雖簡單，但富音樂美，景象也清新。

文學背景

　　杜牧（公元 803-852 年），字牧之，唐代詩人。他的家勢顯赫，祖父杜佑是唐代三朝的宰相，因此家境富裕，但十餘歲時父親逝世，家道中落，多次搬遷，食用也不足。杜牧中進士後，曾調到窮困的黃州擔任刺史，革除了官吏和豪強的收稅陋習。

　　杜牧寫《清明》這首詩，所用的語言簡樸，寫出了清明時節的人物活動，沒有難字和典故。千百年來，在民間廣泛流傳，成為描寫清明節最有名的詩。

語文挑戰站

❶ 詩人在路上看到什麼？

(1) 天空下着 _____ ；

(2) 行人都被陰暗的天氣感染，看來_____ 。

❷ 看到以上情景，詩人有什麼反應？

_____

❸ 詩人向牧童查詢什麼？

_____

❹ 牧童怎樣回答？

_____

詩文內容

涼州詞 (唐) 王翰

葡萄美酒①夜光杯②，
欲飲琵琶③馬上催。
醉臥沙場④君莫笑，
古來征戰幾人回？

譯文 用葡萄製成的美酒盛在白玉製成的夜光杯裏，正要飲酒時，卻聽到馬背上傳來琵琶聲，催促軍人上戰場。
就算喝醉了躺臥在戰場上，你也不要笑我，因為自古以來，在外作戰的人有幾個能活着回去的呢？

注釋 ① 葡萄美酒：用葡萄釀製的美酒，最早是由西域傳入的，在當時是很珍貴的東西。
② 夜光杯：用白玉做成的杯子，相傳在黑暗中會發光，是胡人送給周穆王的禮物。
③ 琵琶：傳到中原的西域樂器，唐代軍中常用來催促行軍。
④ 沙場：指戰場。

賞析

這首詩生動地描寫了邊疆打仗的將士一次舉杯暢飲的場景。首句先寫喝酒的場面，把醇美的酒倒在精美的杯子裏，營造了歡快而豪邁的氣氛；第二句寫正想暢飲之際，琵琶的聲音突然響起，「欲飲」兩字把氣氛由歡愉急速轉折為緊張。後兩句寫將士臨上戰場的心態，打算「醉臥」以對，看似荒謬，卻表現出義無反顧、視死如歸出的氣概，表露了將士豪壯又悲涼的複雜心情。

文學背景

王翰（生卒年不詳），字子羽。他個性豪爽，喜飲酒遊樂。由於他能言善諫，能直言勸諫君主改過遷善，獲宰相張說重用；直至張說被罷相後，被貶到地方任官。他的詩以七絕最出色，善於寫邊塞詩，文筆壯麗豪邁。

《涼州詞》，又稱《涼州曲》，唐代樂府曲名，以涼州一帶邊塞生活為題材。涼州，在現今甘肅、寧夏一帶，因那裏氣溫低而得名。

語文挑戰站

1 以下句子中着色的字是什麼意思？

醉臥沙場君莫笑 　 君：_____ ；莫：_____

2 這首詩描寫了哪一個情景？

這首詩描寫了將士（ 戰勝後 ／ 出征前 ／ 戰爭時 ）的情景。

3 聽到琵琶聲後，士兵有什麼反應？

○ A. 放下酒杯。　　　　○ B. 馬上奏樂。

○ C. 立即醉倒。　　　　○ D. 馬上喝掉杯中的酒。

4 詩人在詩中流露怎樣的感受？

① 責怪將士行為古怪。　　② 同情將士的遭遇。

③ 感慨戰爭的殘酷。　　　④ 表達為國捐軀的意願。

○ A. ①② 　　○ B. ①③ 　　○ C. ②③ 　　○ D. ②③④

詩文內容

出塞 （唐）王昌齡

秦時明月漢時關①，
萬里長征人未還。
但使②龍城③飛將④在，
不教⑤胡馬⑥度陰山⑦。

譯文

明月和那抵擋外族入侵的邊境關口從秦漢時候到現在都沒有改變，萬里之外的邊境駐守的士兵，有些戰死沙場，有些仍在駐守，至今還未回來。要是秦漢著名的飛將軍李廣還在的話，就不會讓外族的兵馬渡過陰山，南下侵擾我們的國土。

注釋

① 秦時明月漢時關：這裏運用了「互文」手法，意思是秦漢時候的明月和關口。
② 但使：只要。
③ 龍城：漢時外族匈奴的地名。
④ 飛將：指漢朝名將李廣，匈奴畏懼他的神勇，稱他為「飛將軍」。
⑤ 不教：不讓。
⑥ 胡馬：指外族的兵馬。
⑦ 陰山：昆侖山的北面，是漢代時抵禦外族入侵的屏障。

賞析

　　這首詩歌寫於唐代，距離秦漢時期已經有七、八百年，詩人提起秦漢時期的事物，暗示這麼多年來邊境的戰爭仍然持續不斷。

　　無數士兵戰死沙場，駐守邊疆的士兵不知道什麼時候才能回家，詩人藉以表達對士兵的同情，也批評朝廷用人不當。如果有好的將領，士兵就不用長年在外駐守，邊境也會變得安寧。

文學背景

　　王昌齡，字少伯，唐代詩人。他擅長描寫邊塞的風光，因此有「邊塞詩人」的稱號。《出塞》是王昌齡早年赴西域時所作的一首邊塞詩，詩歌描寫了邊疆的軍旅生活，看到眼前景象想起古代名將英勇抵抗外族、保衞國土的事跡，表達了詩人對當時邊境戰爭不斷、國家缺乏良將的感慨，抒發了詩人希望戰事早日平息、天下回復太平的心願。

語文挑戰站

1 詩人為何要提及秦漢時候的明月和關口？

_____

2 當時在邊境駐守的將軍和士兵有什麼遭遇？

_____

3 詩人為什麼希望飛將軍李廣還在？

_____

4 詩人在這首詩中表達了什麼情感？

　　① 希望戰爭早日完結。

　　② 同情士兵的遭遇。

　　③ 批評朝廷用人不當。

　　④ 期望能在戰爭中建功立業。

　　○ A. ①②　　○ B. ②③　　○ C. ①②③　　○ D. ②③④

詩文內容

送元二使安西 （唐）王維

渭城①朝雨浥②輕塵③，
客舍④青青柳色新。
勸君更盡一杯酒，
西出陽關⑤無故人。

譯文　渭城清晨的雨洗去了微塵，客棧的楊柳在雨後顯得青翠清新。朋友啊，我勸你再喝乾這杯酒，出陽關後就再難碰到舊朋友。

注釋
① 渭城：在渭水北岸，長安西北，當時人們多在此送別從長安西行的人。
② 浥：濕潤。
③ 輕塵：空中飄浮的微塵。
④ 客舍：客棧、旅館，這裏指元二寄住的客棧。
⑤ 陽關：在今甘肅省敦煌市西南，是古代到西域的重要道路。

賞析

　　這首詩以送別朋友為主題，客棧是旅客的暫居地，楊柳在古代是離別的象徵。但詩人卻寫清晨的雨洗去了微塵，客棧的楊柳在雨後顯得青翠清新，而不寫於離別的淒清氣氛，令詩歌調子清新明快。第三句寫在離別之際向朋友勸酒，藉此祝福對方，第四句作者抒發了深摯的惜別之情，既對遠行朋友表露依依不捨之情，也擔憂朋友到了西域後孤單無伴的處境。

文學背景

　　王維（公元 701-761 年），字摩詰，唐代詩人。他在繪畫、音樂、書法上都有很高的造詣，也精通音樂。王維的詩題材廣泛，擅長寫山水田園詩。被譽為「詩中有畫，畫中有詩」。

　　這是一首朋友送別的詩，另題作《渭城曲》。詩題《送元二使安西》中的元二是王維的朋友，他出使安西，安西即統轄西域地區的安西都護府，位於現今新疆庫車附近。

語文挑戰站

1 請圈出押韻的字。

渭城朝雨浥輕塵，客舍青青柳色新。

勸君更盡一杯酒，西出陽關無故人。

2 以下句子中着色的字詞是什麼意思？

勸君更盡一杯酒，西出陽關無故人。

君：＿＿＿＿＿＿＿　　　　故人：＿＿＿＿＿＿＿

3 詩中描述了哪些景物？氣氛是怎樣的？

＿＿＿＿＿＿＿＿＿＿＿＿＿＿＿＿＿＿＿＿＿＿＿＿＿＿＿＿＿＿＿

4 為何詩人要勸朋友多喝一杯酒？

＿＿＿＿＿＿＿＿＿＿＿＿＿＿＿＿＿＿＿＿＿＿＿＿＿＿＿＿＿＿＿

詩文內容

早發① 白帝城 （唐）李白

朝辭白帝彩雲間②，
千里江陵一日還。
兩岸猿聲啼不住，
輕舟③已過萬重山。

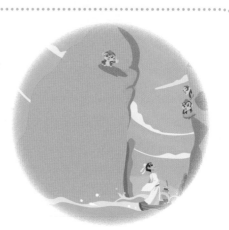

譯文 清晨我辭別雲霞繚繞的白帝城，坐船順流東下，遠在千里之外的江陵一天之內就可以到達。長江三峽兩岸的猿聲不停地啼叫，輕快的小船已經穿過重重的高山。

注釋
① 發：出發。
② 彩雲間：白帝城建在山上，坐在船上看，像在雲霞之中。
③ 輕舟：輕快的小船。

賞析

　　這首詩記述詩人在清晨離開白帝城，乘船經三峽前往江陵的經過。首句「彩雲間」三字，不僅突出白帝城地勢之高、雲霞之美，而且展現詩人愉快的心情。「一日還」不但說明小船順着急流直奔江陵，也代表詩人歸心似箭。

　　接着，三峽兩岸傳來淒厲的猿聲令人心跳加促，這時小船已越過了高山，「萬重山」象徵了詩人被流放後所遇的重重難關，而在此時已安然渡過，心頭大石終於可以放下。

文學背景

　　李白（公元 701-762 年），字太白，自號青蓮居士。他天才橫溢，詩作構思奇特，氣勢雄渾奔放，他是盛唐浪漫主義詩歌的代表人物，後人推崇他為「詩仙」。

　　詩題《早發白帝城》的意思早上從白帝城出發。唐肅宗時，李白因永王璘案的牽連，被流放到夜郎。至白帝城遇到特赦，他立即乘船經長江三峽到江陵，此詩寫途中遇到的情景。

語文挑戰站

1 請圈出押韻的字。

朝辭白帝彩雲間，千里江陵一日還。

兩岸猿聲啼不住，輕舟已過萬重山。

2 詩人這天做了什麼？

詩人在 ＿＿＿＿＿＿＿＿＿ 時分辭別 ＿＿＿＿＿＿＿＿＿ 坐船到 ＿＿＿＿＿＿＿＿＿ 。

3 「千里江陵一日還」一句有哪兩重意思？

「一日還」不但說明小船順着急流 ＿＿＿＿＿＿＿＿＿＿＿＿＿＿＿ ，也代表詩人

＿＿＿＿＿＿＿＿＿＿＿＿＿＿＿ 。

4 「輕舟已過萬重山」一句可看出詩人怎樣的心情？

（答案須為四個字）

詩文內容

客至 （唐）杜甫

舍南舍北皆春水，但見羣鷗日日來。
花徑不曾緣客掃，蓬門^①今始為君開。
盤飧^②市遠無兼味^③，樽酒家貧只舊醅^④。
肯與鄰翁相對飲，隔籬呼取盡餘杯。

譯文

草堂的南北兩面都圍繞着春天漲滿的溪水，只見成羣的鷗鳥每天結隊飛來。長滿花草的小徑從沒有為客人來臨而打掃，簡陋的蓬草小門今天為了你的到來才打開。家離市場太遠，盤中沒有好菜餚，家境清貧，只能拿出以前自製的濁酒來招待。如果你願與隔壁的老翁一同對飲，我可隔着籬笆喚他來一起來暢飲。

注釋

① 蓬門：用蓬草編成的門，即簡陋的門。
② 盤飧：指用盤盛載的菜餚。
③ 無兼味：菜餚只有一樣，沒有第二樣。
④ 醅：粵音，胚。沒濾過的酒。

賞析

　　《客至》一詩記敍了詩人在所住的草堂裏招待親友崔明府的情況，洋溢着濃郁的生活氣息。首兩句寫家居的環境恬靜，顯出淡泊的心境；第三、四句寫客人來訪前的準備，流露作者的期待和喜悅。最後四句詩寫詩人盡力招待友人，氣氛歡快，還打算邀請鄰居一起歡聚，表現了誠摯的友情。整首詩流露着詩人純樸隨和的個性，以及對友情的重視。

文學背景

　　杜甫（公元 712-770 年），字子美，號少陵野老，唐代著名詩人，他的作品多反映社會寫實，抒發憂國憂民的情懷，有「詩史」的美譽。

　　由於當時發生了安史之亂，杜甫避往梓州。第二年，叛亂得以平定，他歷盡顛沛流離後，終於結束了長期漂泊的生涯，在成都西郊浣花溪頭蓋了一座草堂，暫時定居下來了. 不久後有客人來訪，他作了這首詩。

語文挑戰站

1 草堂所在的環境是怎樣的？

(1) 草堂的南北兩面 ＿＿＿＿＿＿＿＿＿ ；(2) 成羣的鷗鳥 ＿＿＿＿＿＿＿＿＿ ；

(3) 位置 ＿＿＿＿＿＿＿＿＿ 。

2 為什麼詩人不打掃花徑？

＿＿＿＿＿＿＿＿＿＿＿＿＿＿＿＿＿＿＿＿＿＿＿＿＿＿＿＿＿＿＿＿＿＿＿＿

3 以下哪一項符合詩人的生活情況？

○ A. 平日菜式豐富。　　○ B. 常常飲用美酒。

○ C. 生活簡樸清貧。　　○ D. 經常設宴款待客人。

4 哪些項目符合詩人的人際關係？

① 和崔明府關係疏離。　　② 和崔明府情誼深厚。

③ 和鄰居很少來往。　　④ 和鄰居相處融洽。

○ A. ①③　　○ B. ①④　　○ C. ②③　　○ D. ②④

詩文內容

楓橋夜泊① (唐) 張繼

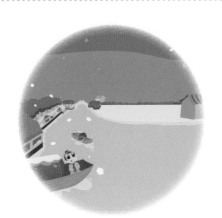

月落②烏啼霜滿天③，
江楓漁火對愁眠④。
姑蘇城⑤外寒山寺，
夜半鐘聲到客船。

譯文　月亮向西落下，烏鴉嘶啞啼叫，秋霜布滿了天空與地面；江邊的楓樹，漁船的燈火，陪伴着小船中憂愁而難以入睡的旅客。
姑蘇城外的寒山寺，夜半時分深沉的鐘聲傳到了我作客的小船裏。

注釋　① 夜泊：夜裏把船停泊在岸邊。
② 月落：月亮西沉，指後半夜。
③ 霜滿天：指秋霜凝結於物體上，天氣寒冷。古人缺乏科學知識，以為霜和雪花一樣，從天而降，所以有「霜滿天」的說法。
④ 對愁眠：即「伴愁眠」的意思，指作者懷着愁思而睡。
⑤ 姑蘇城：今江蘇省蘇州市，因西南有姑蘇山而得名。

賞析

　　這首詩描寫漂流在異鄉的遊子，夜晚寄宿在船上的情景，意境十分優美。詩人考科舉落第，心情低落，詩的首兩句反映此時的心情。天空看不見月光，只有烏鴉啼叫，遍布秋霜，令人倍感寂寥。詩人獨自棲身在客船上，只有漁家的點點燈火，心情沉重，未能入眠。第三、四句寫詩人聽到寒山寺傳來深沉的鐘聲，引起他漂泊於他鄉的愁緒。

文學背景

　　張繼，字懿孫，唐代詩人。考取進士後，曾任不同的官職。他的詩作風格清新樸素，內容多關心社會民生，反映現實。

　　《楓橋夜泊》詩題中的「楓橋」據說原名「封橋」，因為張繼寫了這首詩後才改稱「楓橋」。詩句提到的寒山寺位於蘇州楓橋鎮，已有一千五百年歷史。因唐代著名僧人寒山曾到寺中當住持而得名。

語文挑戰站

❶ 這首詩記敍了詩人什麼經歷？

這首詩記敍詩人身在 ＿＿＿＿＿＿＿＿，夜晚寄宿在 ＿＿＿＿＿＿＿＿ 的經歷。

❷ 詩人看到什麼景色？

① 又圓又亮的月光。　　② 滿地的白雪。

③ 江邊的楓樹。　　④ 漁船的燈火。

○A. ①③　　○B. ①④　　○C. ②③　　○D. ③④

❸ 詩人聽到什麼聲音？

(1) ＿＿＿＿＿＿＿＿　　(2) ＿＿＿＿＿＿＿＿

❹ 詩人抒發了什麼情感？

作者身在異地漂泊的＿＿＿＿＿＿，以及考科舉落第後的＿＿＿＿＿＿。

泊船① 瓜洲② （宋）王安石

京口③瓜洲一水④間，鍾山⑤祇隔數重山。
春風又綠⑥江南岸，明月何時照我還⑦。

譯文

京口和瓜洲之間只隔着一條長江，從瓜洲到鍾山也只隔着幾座山。和暖的春風在輕吹，草木長出綠葉遍布長江南岸。皎潔的月亮啊，什麼時候照着我回到鍾山呢？

注釋

① 泊船：停船。泊，靠岸停泊。
② 瓜洲：即瓜洲渡，是長江的渡口。
③ 京口：今江蘇省鎮江市，與瓜洲渡隔江南北相對。
④ 一水：指長江。
⑤ 鍾山：今南京市紫金山，王安石曾在這裏隱居。
⑥ 綠：用作動詞，形容春風把江南的草木都吹綠了。
⑦ 還：指回到鍾山的家。

賞析

　　這首詩記述詩人乘船趕路時停泊在瓜洲渡口的所見所感。首句的「一水間」既寫瓜洲渡口和京口只隔着長江，也突出了船隻行駛迅速。第二句寫他向鍾山的方向望去，雖被幾座山遮擋，但仍流露對鍾山的依戀。第三句寫江南岸邊的美景，據說詩人選用「綠」字前考慮過「到」、「過」等字，最後覺得「綠」最能展現春天的處處生機，也切合了他奉召回京的喜悅心情。然而，他預料重返朝廷後會再受攻擊，因此在結句問明月何時照着他回到鍾山呢？流露對閒適生活的嚮往。

文學背景

　　王安石（公元 1021-1086 年），字介甫，號半山，北宋詩人。他早期的詩作以反映社會現實為主，也蘊含人生哲理；晚年的詩作多寫閒適生活，風格清新脫俗。

　　王安石幼年隨父親宦遊各地，後定居江寧（今江蘇省南京市），此地便成為他的第二故鄉。他第一次罷相後即隱居江寧鍾山，次年再次奉命執政，自江寧赴京，這首詩是他乘船在瓜洲渡停泊時所作。

語文挑戰站

1 請圈出押韻的字。

京口瓜洲一水間，鍾山祇隔數重山。

春風又綠江南岸，明月何時照我還。

2 詩人記了哪些事？從中流露怎樣的感受？

所記的事	所抒的情
京口和瓜洲只隔着 (1)＿＿＿＿＿＿，從瓜洲到鍾山也只隔 (2)＿＿＿＿＿＿。	對鍾山的 (3)＿＿＿＿＿＿。
和暖的春風在輕吹，草木長出綠葉遍布 (4)＿＿＿＿＿＿。	對奉召回京感到 (5)＿＿＿＿＿＿。
(6)＿＿＿＿＿＿啊，什麼時候照着我回到鍾山呢？	擔心 (7)＿＿＿＿＿＿；嚮往 (8)＿＿＿＿＿＿。

小總結

　　我們深入認識了15篇記事抒情的作品。這些經典詩文透過記敍事情，抒發情感，同時刻畫了古代的社會風貌，讓我們可以從美妙的語言中認識源遠流長的中國傳統文化。

　　記事抒情的詩文作品主題廣泛，包括：思鄉、離別和遊記等等。表現思鄉之情的作品有：《靜夜思》、《遊子吟》均寫出了詩人對親人或故鄉的情感；有些作品以記敍時節為題，讓我們認識古時的節日風俗，例如：《清明》、《九月九日憶山東兄弟》等。《賦得古原草送別》、《送元二使安西》等則是描寫了古人離別時的愁緒和不捨之情。而《早發白帝城》、《楓橋夜泊》等作品則是詩人記下遊歷時的見聞，讓我們得以欣賞古代自然風光。

三、借事說理篇

趣味漫畫 3

珍惜光陰

藍天城，謝夫子家書齋

在《孟母戒子》中，孟母為何把織布剪斷？

她一定是織錯了啦！

胡說八道

孟母要告誡孟子做事要專心一意，否則就會前功盡廢，白白浪費了寶貴的時間。

不錯，時間很寶貴，要好好珍惜！

瞪！

所以你們上課要專心，不可胡言亂語！

夫子怎麼只針對我哦！

上元節晚上

僖來茶坊中庭

坊茶來僖

我們來玩投壺吧！

好呀！

好！

嗖！

砰！
砰！

嗖！

嘩！

嘩啊！

嗖！

嘩，樂心很有投壺的天分啊！

傍晚

你們一整天不來上課，到底跑哪兒去了？我們都在找你們呢！

找我們幹什麼？

原來你們不來上課，是為了吃喝玩樂，枉我父親擔心你們的安危，還命我到處尋找。

難道你們不覺得浪費光陰嗎？

篇章內容

守株待兔 (先秦) 韓非子

宋人有耕田者，田中有株[1]，兔走觸株，折頸而死，因釋其耒[2]而守株，冀[3]復得兔，兔不可復得，而身為宋國笑[4]。

譯文

從前宋國有個農民，他的田地中有一棵樹樁。一天，一隻跑得飛快的兔子撞到樹樁上，扭斷了脖子而死。於是，農民僥倖得到兔子。之後，農民放下農具，天天守候在樹樁旁，希望能再得到兔子，然而兔子不可能再次得到，農民還被宋國人恥笑。

注釋

[1] 株：樹樁，即斬伐後露出地面的樹幹。
[2] 耒：古代的一種農具，形狀像木叉。粵音，淚。
[3] 冀：希望。
[4] 而身為宋國笑：而他自己卻被宋國人恥笑。

賞析

　　《守株待兔》是一篇簡短的寓言故事，文句簡潔，語言生動，蘊含了深刻的寓意。作者寫宋國農夫在得到死兔後荒廢農務，天天守候在樹旁，希望再得到兔子，突出他渴望不勞而獲的心態。「冀復得兔，兔不可復得」，以頂真的句式（上句的結尾與下句的開頭使用相同的字）強調這只是偶爾事件，不會一再發生，不應心存僥倖。最後以「而身為宋國笑」收結，嘲諷農夫的愚蠢和貪婪。

文學背景

　　韓非（約公元前 280-233 年），戰國末期思想家，貴族出身，是法家主要的代表人物。他提出的法治思想，對後世影響很大。

　　韓非的文章詞鋒銳利，說理周密，而且善用寓言帶出深刻的道理，曾得到秦始皇賞識。《守株待兔》選自他的著作《韓非子》，韓非藉這則寓言故事諷刺當時的國君想沿用先王的古法來治理人民，跟故事主角一樣不知變通。

語文挑戰站

1 以下句子中着色的字是什麼意思？

(1) 兔走觸株　　　　○A. 觸摸　○B. 撞到　○C. 冒犯　○D. 引起

(2) 因釋其耒而守株　○A. 解開　○B. 釋放　○C. 放棄　○D. 放下

(3) 冀復得兔　　　　○A. 返回　○B. 回覆　○C. 再次　○D. 恢復

2 為什麼宋人沒有再得到兔子？

_____

3 人們為什麼要取笑那個農夫？

_____

篇章內容

鄭人買履 (先秦) 韓非子

　　鄭人有且①置②履③者，先自度其足④而置⑤之其坐⑥。至之市⑦，而⑧忘操⑨之；已得履，乃⑩曰：「吾忘持⑪度⑫。」反⑬歸取之。及反，市罷⑭，遂⑮不得履。人曰：「何不試之以足？」曰：「寧信度，無自信也。」

譯文

鄭國有個想買鞋子的人。他先量好自己腳的尺寸，並把量好的尺碼放在他的座位上。到了市集，卻忘了帶量好的尺碼。已經選好了鞋子，才想起自己忘了帶尺碼，於是說：「我忘記帶量好的尺碼了。」就返回家裏取量好的尺碼。等到他返回市集時，市集已經散了，於是買不到鞋子。有人問他說：「為什麼不用你的腳試鞋呢？」他說：「寧可相信量好的尺碼，也不相信自己的腳。」

注釋

① 且：將要。
② 置：購置。
③ 履：鞋子。
④ 度其足：量度他的腳。度，量度。其足，他的腳，即鄭人自己的腳。
⑤ 置：放。
⑥ 坐：通「座」，座位。
⑦ 至之市：到市集。之，去、到。

⑧ 而：卻、但是。
⑨ 操：拿，帶。
⑩ 乃：才。
⑪ 持：拿。
⑫ 度：名詞，尺碼。
⑬ 反：通「返」，返回。
⑭ 市罷：市集散了。
⑮ 遂：於是。

賞析

　　這是一則惹人發笑的寓言故事，鄭國有個人想買鞋，竟然只相信量腳得到的尺碼，而不相信自己的腳，結果不僅買不到鞋子，還成為眾人的笑柄。作者沒有直接評價這人的行為，但通過對他的言語和行為的描述，浮現出迂腐可笑的形象，藉此諷刺那些做事拘泥固執，不懂靈活變通的人。作者筆下鄭國人荒誕的行徑令人印象深刻，引導讀者反思。

文學背景

　　韓非的文章詞鋒銳利，說理周密，而且善用寓言帶出深刻的道理，曾得到秦始皇賞識。《鄭人買履》選自他的著作《韓非子》，當時韓非極力主張國家改革，指出若不改革，國家最終將會滅亡，但當時有些人堅持舊制，不肯改變。韓非藉這則寓言故事諷刺那些人不思考現實的情況，跟故事主角一樣不知變通。

語文挑戰站

1 以下句子中着色的字是什麼意思？

吾忘持度。　　　　　　　吾：＿＿＿＿＿＿＿

2 市集的人有什麼建議？鄭人怎樣回應？

市集的人建議＿＿＿＿＿＿＿＿＿＿＿＿，但鄭人＿＿＿＿＿＿＿＿＿＿＿＿。

3 鄭人最後買到鞋子嗎？為什麼？

＿＿＿＿＿＿＿＿＿＿＿＿＿＿＿＿＿＿＿＿＿＿＿＿＿＿＿＿＿＿＿＿＿＿＿

篇章內容

二子學弈① (先秦) 孟子

弈秋②，通國之善弈者也。使弈秋誨二人弈，其一人專心致志，惟弈秋之為聽③。一人雖聽之，一心以為有鴻鵠④將至，思援⑤弓繳⑥而射之，雖與之俱學，弗若之⑦矣。為是⑧其智弗若與？曰：「非然⑨也。」

譯文

弈秋是名聞全國的棋手，要是他同時教兩個弟子下棋。其中一個專心致志，只聽弈秋講授；另一個雖然表面在聽，但總想着可能會有天鵝飛過，盤算着如何拿起弓射牠。雖然他與專心那位一起學，但學得不如人。因為他的智力不及別人嗎？回答說：「不是這樣的。」

注釋

① 弈：下棋。
② 弈秋：一位名叫「秋」的棋藝高手。古代人常在名字前加上職業或技能名稱來稱呼人。
③ 惟弈秋之為聽：只聽弈秋的話。
④ 鴻鵠：天鵝。
⑤ 援：手持。
⑥ 弓繳：弓箭。
⑦ 弗若之：不如他。「之」是代詞，「他」的意思，指專心致志的人。
⑧ 是：這。
⑨ 非然：不是這樣。

賞析

　　本文以生活化故事說明做事要專心致志的道理。作者運用對比手法突顯兩個學棋的學生截然不同的學習態度，一人專心聽課，另一人卻心不在焉。不專心的學生表面在聽，內心卻只想拿起弓箭去射鳥。作者善用心理描寫，用語妙趣橫生。最後，本文以設問句作結，指出兩人智力相若，引導讀者思考出兩人學習效果不同的根本原因。

文學背景

　　孟子（公元前 372-公元前 289 年），名軻，戰國時期儒家代表人物。孟子幼年喪父，家庭貧困。他的老師是子思（孔子的孫子）的弟子，因此繼承了孔子的思想，提出「性善論」，提倡以仁義治國。他曾周遊列國，游說諸侯施行仁政，但得不到採納，於是回鄉講學，弘揚儒家學說。

　　《孟子》一書由孟子和弟子共同編寫，記錄孟子思想和言行。孟子擅長用淺白的比喻來說明道理，令人容易明白。

語文挑戰站

1 以下句子中着色的字詞是什麼意思？

弈秋，通國之善弈者也。　　通國：＿＿＿＿＿＿＿　　善：＿＿＿＿＿＿＿

2 以下哪一項符合故事的內容？

　○ A. 弈秋是名聞全國的射箭高手。

　○ B. 弈秋兩位弟子的智力不相伯仲。

　○ C. 有位弟子被窗外的天鵝吸引了注意力。

3 根據文章內容，比較兩位弟子的學習情況。

兩位弟子跟從相同的＿＿＿＿＿＿＿，＿＿＿＿＿＿＿相若，但＿＿＿＿＿＿＿不同。

4 作者在文中提倡了哪一種做事的態度？

　○ A. 宅心仁厚　　　　○ B. 胸有成竹

　○ C. 胸襟廣闊　　　　○ D. 心無旁騖

篇章內容

論語四則 （先秦）論語

子[1]曰：「學而時習[2]之，不亦説乎[3]？有朋[4]自遠
方來，不亦樂乎？人不知而不慍，不亦
君子[5]乎？」

子曰：「學而不思則罔[6]，思而不學則殆[7]。」

子曰：「溫故[8]而知新，可以為師矣。」

子曰：「三人[9]行，必有我師焉[10]，擇其善[11]者而
從之，其不善者而改之。」

譯文

孔子說：「學習並時常複習，不也很喜悅嗎？有志同道合的朋友從遠方來，不也很快樂嗎？他人不理解，而我卻不生氣埋怨，不也是個君子嗎？」

孔子說：「只學習而不思考就會迷惘，只思考而不學習就會疑惑。」

孔子說：「溫習學過的知識而有新的體會，可以做老師了。」

孔子說：「幾人同行，其中必有人可以作為我的老師。選擇他的優點來跟從學習，他的缺點則用來反省和改正。」

注釋

① 子：古時對男子的尊稱，這裏指孔子。

② 習：指複習知識或技能。

③ 不亦說乎：不也很愉快嗎？「不亦……乎」，表示反問的句式。說：通「悅」，愉悅。

④ 朋：指志趣相投的朋友。

⑤ 君子：道德高尚而有學問的人。

⑥ 罔：通「惘」，迷惘，指對學問未能充分理解而迷惘。

⑦ 殆：疑惑。對思考的問題感到疑惑、無法解決。

⑧ 故：舊的，指學過的東西。

⑨ 三人：「三」是虛數，所謂「無三不成幾」，這裏指幾個人。

⑩ 焉：在這中間。

⑪ 善：優點、長處。

賞析

第一則，孔子以反問句引出觀點：複習知識、與志同道合的朋友一起切磋，都是樂事；君子則不會因別人不了解自己而生氣。第二則，孔子把「學而不思」和「思而不學」作對比，指出兩者的不足，主張「學」、「思」結合。第三則，孔子指出溫習能鞏固所學，幫助學習新知。第四則，孔子教導我們既要學習別人的長處，也要從別人的錯誤中汲取教訓。這四則孔子的語錄不但提醒我們學習和修養品德應有的態度，也呈現了這位萬世師表的教學特色。

文學背景

孔子（公元前 551 年 - 公元前 479 年）名丘，字仲尼，是中國儒家思想的創始人，生於魯國。他是教育家和哲學家，曾在魯國擔任官職。後來，他周遊列國，回到魯國後編修《春秋》。他的思想以仁義禮智信為核心，其弟子以他的言論編成《論語》一書。孔子的思想對中國和東亞社會產生了深遠的影響，後人尊稱他為至聖先師、萬世師表。

語文挑戰站

❶ 以下句子中着色的字是什麼意思？

學而時習之，不亦說乎？　　　　說：＿＿＿＿＿＿

❷ 綜合這幾則，孔子認為如何對待朋友？

(1) 我們應為與＿＿＿＿＿＿＿＿＿＿相聚而喜悅；

(2) 我們既要學習朋友的＿＿＿＿＿＿，也要從朋友的錯誤中＿＿＿＿＿＿。

篇章內容

孟母戒子 (漢) 韓嬰《韓詩外傳》

孟子少時誦[1]，其母方[2]織，孟子輟然[3]中止，乃復進[4]，其母知其諠[5]也，呼而問之曰：「何為[6]中止？」對曰：「有所失復得。」

其母引刀裂[7]其織，以此誡之，自是以後，孟子不復諠矣。

譯文

孟子小時候有一次誦讀書本時，母親正在織布。孟子突然停下來，過了一會兒才想起來，於是繼續背誦下去。母親知道他遺忘了篇中的文句，大聲問他：「為什麼停下來？」孟子回答說：「剛剛忘記了，後來才又想起來。」孟母拿起刀來，割斷她正在織的布，作為對孟子的警誡。從此以後，孟子不再遺忘書中的內容了。

注釋

① 誦：背誦，誦讀。
② 方：正在。
③ 輟然：突然停下來。
④ 乃復進：於是繼續背誦下去。
⑤ 諠：粵音，圈。同「諼」，指遺忘。
⑥ 何為：為何，為什麼。
⑦ 裂：割斷。

賞析

《孟母戒子》記述了孟母教育孟子的故事，告訴我們做事要專心致志，不能半途而廢。作者運用語言描寫和行動描寫呈現出孟母的嚴母形象。她看到兒子不專心學習，她不是不問情由地斥責，而是問明原因之後，再不惜剪斷正在織的布來告誡兒子：一匹布的織成，需要一絲一縷、點點滴滴地累積，一旦半途而廢，必然前功盡棄。自這件事後，孟子深深明白母親剪斷布匹的苦心，就下起苦功學習。

文學背景

　　韓嬰是西漢時的學者。《孟母戒子》是他所寫的一篇古文，選自《韓詩外傳》。

　　孟子（公元前 372 - 公元前 289 年），名軻，戰國時期儒家代表人物。孟子幼年喪父，家庭貧困。他的老師是子思（孔子的孫子）的弟子，因此繼承了孔子的思想。孟母，即孟子的母親，她教子有方，有「孟母三遷」和本篇「斷機教子」等教子佳話流傳至今。

語文挑戰站

1 以下句子中着色的字詞是什麼意思？

(1) 孟子輟然中止，乃復進。　　復：＿＿＿＿＿＿

(2) 有所失復得。　　　　　　　失：＿＿＿＿＿＿

2 孟母教子的方法有哪些特點？

① 她不問情由地加以斥責。　　② 她先問明孟子停下來的原因。

③ 她以體罰來告誡兒子。　　　④ 以實例來引導和告誡兒子。

○A. ①③　　○B. ①④　　○C. ②③　　○D. ②④

3 「自是以後，孟子不復諠矣。」說明孟子能＿＿＿＿＿＿＿＿＿＿的態度。

4 自這件事後，孟子得到什麼啟發？

○A. 人要信守諾言。　　　○B. 做事要持之以恆。

○C. 做事要三思而行。　　○D. 人要有遠大的志向。

篇章內容

鷸①蚌②相爭 (漢) 戰國策

蚌方③出曝④，而鷸啄其肉，蚌合而拑⑤其喙⑥。鷸曰：「今日不雨，明日不雨，即有死蚌。」蚌亦謂鷸曰：「今日不出，明日不出，即有死鷸。」兩者不肯相舍⑦，漁者得而并擒⑧之。

譯文

一隻蚌正在打開貝殼曬太陽，一隻鷸飛來啄食蚌的肉。蚌立刻把殼合攏，夾住鷸的嘴巴。鷸說：「今天不下雨，明天不下雨，就會有一隻曬死的蚌。』蚌也回答說：「你的嘴今天拔不出來，明天拔不出來，就會有一隻餓死的鷸。」雙方都不肯相讓，漁夫從中得益捕捉了牠們。

注釋

① 鷸：一種嘴巴和腿都細長的水鳥，以吃魚、貝類為生。

② 蚌：一種軟體動物，有兩片可以張合的貝殼。生活在淡水中。

③ 方：正在。

④ 曝：曬太陽。

⑤ 拑：夾住。

⑥ 喙：粵音，悔。鳥嘴。

⑦ 舍：通「捨」，放下，這裏指讓步。

⑧ 擒：捕捉。

賞析

作者運用擬人法，以對話突出鷸和蚌意氣用事的形象。兩者唇槍舌劍，互不相讓。當牠們以為自己最後會得到勝利，結果卻是兩敗俱傷，漁夫捕捉了牠們，成為得益者。這則生動有趣的寓言告訴人們如果在爭執中雙方各不相讓，就可能兩敗俱傷，讓第三者從中取利。

文學背景

　　《戰國策》是一部重要的歷史著作。原作者已不可知，應由多位作者編寫，大約在秦朝統一後成書。西漢時，劉向負責整理，並定名為《戰國策》。全書主要記錄了戰國時期策士、謀臣游說的策略和言論，反映當時的政治和軍事情況。

　　本文節選自《戰國策‧燕策二》，趙國準備攻打燕國，燕國連忙派說客蘇代到趙國游說，蘇代便對趙王說了「鷸蚌相爭」的故事。趙王覺得蘇代說得有理，於是取消了攻打燕國的計劃。

語文挑戰站

1 以下句子中着色的字詞是什麼意思？

今日不雨。　　　雨：這裏作（ 動詞 / 名詞 ）用，指＿＿＿＿＿＿。

2 河蚌正從水裏出來曬太陽時，發生了什麼事？

＿＿＿＿＿＿＿＿＿＿＿＿＿＿＿＿＿＿＿＿＿＿＿＿＿＿＿＿＿＿

3 為什麼河蚌和鷸認為自己會佔上風？

鷸認為只要＿＿＿＿＿＿＿＿＿＿，蚌必定會＿＿＿＿＿＿＿＿＿＿，蚌則認為只

要鷸的嘴＿＿＿＿＿＿＿＿就會＿＿＿＿＿＿＿＿。

4 故事的結果是怎樣？

＿＿＿＿＿＿＿＿＿＿＿＿＿＿＿＿＿＿＿＿＿＿＿＿＿＿＿＿＿＿

篇章內容

折箭 (南北朝) 魏收

　　阿豺[1]有子二十人，緯代，長子也。阿豺又謂曰：「汝等各奉[2]吾一支箭，折之地下。」俄而[3]命母弟[4]慕利延曰：「汝取一支箭折之。」慕利延折之。又曰：「汝取十九支箭折之。」延不能折。阿豺曰：「汝曹[5]知否？單者易折，眾則難摧[6]，戮力[7]一心，然後社稷[8]可固。」

譯文

吐谷渾的首領阿豺有二十個兒子，緯代是他的長子。阿豺對兒子們說：「你們每人給我拿一支箭來，把箭折斷扔在地上。」過了一會兒，阿豺又對他的同母弟弟慕利延說：「你拿一支箭來把它折斷。」慕利延毫不費力地折斷了。阿豺又說：「你再取十九支箭來把它們一起折斷。」慕利延折不斷那些箭。阿豺說：「你們知道其中的道理嗎？單獨一支容易折斷，聚集成眾就難以摧毀了。只要你們同心合力，我們的江山就可以鞏固。」

注釋

① 阿豺：南北朝時吐谷渾（粵音：突玉雲）國王。
② 奉：給予。
③ 俄而：一會兒。
④ 母弟：同母所生的弟弟。
⑤ 汝曹：你們。
⑥ 摧：折斷。
⑦ 戮力：合力。
⑧ 社稷：古時用作國家的代稱。

賞析

　　故事記載吐谷渾國王阿豺年紀漸老，擔心自己將來過世後兒子們不能好好合作。他覺得直接說教兒子們也許不會把話記在心上，於是想出了一個辦法：請二十個兒子和自己弟弟慕利延各拿一支箭，然後折斷，大家都毫不費勁地做到了。又叫慕利延把十九支箭同時折斷，他鼓足力量也無法辦到。正當大家不明所以，阿豺終於解釋，告誡兒子團結的重要。他藉着折箭，叮囑兒子要同心為國效力，國家才會安定。

文學背景

　　魏收（公元 506 - 572 年），字伯起，北齊時期的史學家和文學家。北魏時，他奉命編修國史。到北齊時，他擔任中書令兼著作郎，奉命編寫記載北魏歷史的《魏書》。《魏書》以紀傳體寫成，共有一百三十卷。

　　吐谷渾是中國古代少數民族之一，原為鮮卑慕容部，主要聚居於青海北部和新疆東南部。阿豺是南北朝時期吐谷渾的第九任統治者。

語文挑戰站

1 阿豺如何運用借事說理的方式告誡後輩？

事件	道理
阿豺請 (1) ＿＿＿＿＿＿＿＿＿＿＿＿＿＿＿＿＿， 然後 (2) ＿＿＿＿＿＿＿，大家都輕鬆地做到了。	☐ ☐ ☐
他叫慕利延 (3) ＿＿＿＿＿＿＿＿＿＿＿＿＿， 慕利延 (4) ＿＿＿＿＿＿＿＿＿＿。	☐ ☐ ☐

（答案為六個字）

詩文內容

金縷衣 (唐) 杜秋娘

勸君莫惜①金縷衣②，勸君惜取少年時。
花開堪③折直④須折，莫待無花空折枝。

譯文

我勸你不要只顧愛惜華麗的衣服，勸你應該愛惜少年的時光。
花朵盛開可以攀折的時候，就應該及時把它攀折；不要等到花朵凋
謝之後，只能攀折那沒有花的樹枝。

注釋

① 莫惜：不要珍惜或留戀。
② 金縷衣：用金線織成的衣裳，比喻華麗的衣服。
③ 堪：可；能夠。
④ 直：立刻。

賞析

詩人借金縷衣勸勉人們愛惜時光。詩人指出金縷衣雖然名貴，但
破舊了還可以再做一件，然而那美好的少年時光是人生中不可多得的珍
寶，一旦逝去就再不復返。接着，詩人再以採摘花朵比喻把握年輕的寶
貴年華，花季到了，鮮花盛放就應該及時採摘，否則錯過花期，花兒凋
謝散落後，就無花可採了，只能折取光禿的樹枝，正如青春的時光一去
不回，年長了想追回也不能，只餘下後悔了。

文學背景

　　杜秋娘是唐代金陵人，出身卑微，但美麗聰慧，能歌善舞，懂得寫詩詞和作曲，是位有才華的女子。

　　杜秋娘人生路甚為曲折。十五歲時嫁唐代的宗室李錡為妾，後來李錡以叛亂罪被殺，杜秋娘被送入宮中表演歌舞，得到唐憲宗寵愛。穆宗時，她擔任皇子的褓姆，不久皇子被廢，秋娘回到金陵，景況淒涼。後來詩人杜牧聽到杜秋娘的故事，有感而發，寫下《杜秋娘詩》記述她的生平。

語文挑戰站

1 請圈出押韻的字。

勸君莫惜金縷衣，勸君惜取少年時。
花開堪折直須折，莫待無花空折枝。

2 以下句子中着色的字是什麼意思？

花開堪折直須折，莫待無花空折枝。

(1) 莫：○A. 只　　　○B. 不　　　○C. 黃昏

(2) 空：○A. 空間　　○B. 缺乏　　○C. 徒然

3 詩人借金縷衣想表達什麼？

○A. 提醒人不要珍惜華麗的衣服。　　○B. 提醒人善用年輕的光陰。

○C. 勸人善用時間，努力工作賺錢。　○D. 勸人要趁年輕，好好享受人生。

三、借事說理篇

詩文內容

明日歌 (明) 錢福

明日復①明日，明日何其②多。我生待明日，萬事成蹉跎③！世人苦被明日累④，春去秋來老將至。朝看水東流，暮看日西墜。百年明日能幾何⑤？請君⑥聽我《明日歌》。

譯文

明天之後又一個明天，「明天」是何等的多啊。如果我的一生中什麼都留待明天才做，結果只會萬事成空，虛度光陰！世人苦苦地被「明天」拖累，春去秋來，一年年過去，人很快就會老去。早上看看河水向東流去，傍晚看看太陽向西落下。即使活到一百歲，那又能有多少個明天呢？請您聽聽我的《明日歌》。

注釋

① 復：又。
② 何其：何等、多麼。
③ 蹉跎：虛度光陰。
④ 累：拖累。
⑤ 幾何：有多少。
⑥ 君：您，對人的敬稱。

賞析

　　《明日歌》特意以易於記誦的詩句寫成，告誡人們要愛惜時光的道理。開首「明日復明日，明日何其多」點明有些人常常把事情留待「明天」的態度，日復一日，結果讓時間白白溜走，最終一事無成。詩人感歎世人被這種做事拖延的態度所連累，不經不覺便步入晚年，想把時間追回也不可能，時間像江水東流和夕陽西墜一樣一去不返。最後誠懇地勸告讀者聽從他的忠告，好好反省自己。

文學背景

　　錢福（公元 1461-1504 年），字與謙，明代文學家。由於家住松江鶴灘附近，因此他為自己取別號「鶴灘」。他自幼聰慧而且用功，七歲已懂得寫作文章。長大後高中狀元，擔任翰林院修撰。錢福無論寫詩和文章都有很高的成就，著有《鶴灘稿》、《尚書叢說》等，《明日歌》一詩收錄在《鶴灘稿》卷一。

語文挑戰站

1 「明日復明日，明日何其多」代表了哪種人生態度？

代表了一種＿＿＿＿＿＿＿＿＿＿的態度。

2 作者對這種態度什麼看法？

作者認為這種凡事留待「明天」的態度，會讓＿＿＿＿＿＿＿＿＿＿＿＿，最終

＿＿＿＿＿＿＿＿＿＿。

3 作者在以下詩句中運用了哪些修辭手法？

	修辭手法	說明
朝看水東流，暮看日西墜。	(1)＿＿＿＿＿＿＿、 ＿＿＿＿＿＿＿	(2)＿＿＿＿＿＿像江水東流和夕陽西墜一樣 (3)＿＿＿＿＿＿
百年明日能幾何？	(4)＿＿＿＿＿＿＿	強調人的一生 (5)＿＿＿＿＿＿

篇章內容

朱子家訓（節錄） （明）朱柏廬

　　黎明①即起，灑掃庭除②，要內外整潔。既昏便息，關鎖門戶，必親自檢點③。一粥一飯，當思來處不易；半絲半縷④，恆念物力維艱。宜未雨而綢繆⑤，毋臨渴而掘井⑥。自奉必須儉約，宴客切勿留連。器具質而潔，瓦缶⑦勝金玉。飲食約而精⑧，園蔬愈珍饈。

譯文

每天清早，天剛亮就起來，打掃庭院，務必使裏裏外外整齊潔淨。到黃昏就休息，關好門窗上好鎖，一定要親自檢查一遍。對於一碗粥或一碗飯，應當想到稻米得來不易。對於每件衣物，要時常想到製作過程需要很多人力物力。凡事要做好準備，不要事到臨頭才想辦法。日常生活必須儉樸節約，宴客聚會要節制，不得通宵達旦。家裏的器皿用具樸素而潔淨就可以了，一個瓦罐子比貴重的器物更實用。飲食要精簡，園裏種的蔬菜比珍貴的美食更好。

注釋

① 黎明：天剛亮的時候。
② 庭除：庭院台階。
③ 檢點：細心察看。
④ 半絲半縷：指衣物。半：少許。絲縷：絲線。

⑤ 未雨而綢繆：趁天還未下雨，修補好房子門窗，比喻凡事做好準備。
⑥ 臨渴而掘井：到了口渴時才挖井取水，比喻事到臨頭才想辦法。
⑦ 瓦缶：粵音：雅否。瓦罐。
⑧ 約而精：簡單而品質精純。

賞析

　　這篇短文節錄了《朱子家訓》的開首部分。明確地向讀者傳授治家處世的建議，包括保持清潔、勤儉節約、清淡飲食等，這些實用的生活哲理至今仍然適用。文中的句式從四言至六言，加上運用對偶句式，讀來琅琅上口，易於記憶。

文學背景

　　朱柏廬原名朱用純，字致一，明末清初時期的人，是著名理學家、教育家。他曾考取秀才，有志踏足官場。明朝滅亡時，他只有二十多歲，後來有人推薦他進入官場，為忠於明朝他堅決推辭，不願為清朝做官，然後到鄉間教學。《朱子家訓》又稱《朱柏廬治家格言》，秉承儒家的修身齊家的思想，教導後世做人處世、治理家庭的道理。

語文挑戰站

❶ 根據文章內容，完成下表。

原則	例子
保持清潔安全	每天清早 (1)＿＿＿＿＿＿＿；黃昏後 (2)＿＿＿＿＿＿＿
珍惜物資	(3)＿＿＿＿＿＿＿時，應當想到稻米得來不易；穿戴衣物時，應當想到製作過程需要 (4)＿＿＿＿＿＿＿
過儉樸的生活	宴客要 (5)＿＿＿＿＿＿＿；物件器皿 (6)＿＿＿＿＿＿＿而 (7)＿＿＿＿＿＿＿；飲食要 (8)＿＿＿＿＿＿＿
制定應變措施	凡事要 (9)＿＿＿＿＿＿＿，不要事到臨頭才想辦法

小總結

　　我們深入認識了10篇借事說理的作品。這些經典文言文帶出了深刻的道理和智慧良言，讓我們鑒古通今，發人深省。

　　本章節收錄了寓言故事和智慧良言。寓言即假借虛構故事，寄託哲理教訓的一種文體。例如：《守株待兔》、《鄭人買履》、《鷸蚌相爭》、《折箭》，文章語言簡潔生動，多以擬人和比喻等手法作諷喻勸誡，使抽象道理變得具體明白，又深入淺出地讓我們反思學習做人處事的道理。

　　收錄的智慧良言，包括：《論語四則》和《朱子家訓（節錄）》都記載了古人的價值觀，勸戒人們要勤學、修養品德。而《孟母戒子》、《二子學弈》和《金縷衣》則是透過敘事帶出深刻的道理，讓我們明白專心致志的重要，珍惜少年時。

參考答案

詠物寫景篇

《江南》(P.17)
1. (1) C (2) D (3) B
2. 這首詩描寫了江南的採蓮季節到了，荷塘鋪滿蓮葉，魚兒在蓮葉間嬉戲。
3. 詩人的心情愉快，因為他看到荷塘上茂密的蓮葉，魚兒在嬉戲等美好的景象，所以感到快樂。
4. C

《詠鵝》(P.19)
1. 紅掌撥清波
2. (1) 脖子 / 頸部
   (2) 漂浮 (3) 清澈
3. B、E
4. (1) 聽覺；動態
   (2) 視覺；靜態
   (3) 視覺；動態

《登鸛鵲樓》(P.21)
1. 黃昏；夕陽依山而下，黃河滾滾東流
2. (1) ✔ (2) ✔
3. B、C、D
4. 奮發向上 / 向上進取 / 高瞻遠矚

《春曉》(P.23)
1. 曉、鳥、少
2. (1) 鳥兒在清晨鳴叫；風雨把花兒吹落
   (2) 聽覺
3. 這首詩運用了倒敘法。詩人先寫早晨醒來的所見所聞，再寫昨夜的風雨把花吹落。

4. 他擔心風雨把花吹落，流露對花兒的愛惜之情。

《江雪》(P.25)
1. 絕、滅、雪
2. 沒有飛鳥；沒有人跡；一個老翁在釣魚
3. D
4. 流露自己不受外在環境影響，堅守志向的想法。

《蜂》(P.27)
1. 尖、占、甜
2. (1) 山峯 (2) 香甜的蜂蜜
3. (1) 勤勞
   (2) 蜜蜂採花釀蜜後，辛勤的成果被人奪去。
4. 詩人對蜜蜂的遭遇表達深切同情，更對不勞而獲的人表示痛恨和不滿。

《畫雞》(P.29)
1. 裁、來、開
2. (1) 剪裁 (2) 輕易
3. 氣宇軒昂 / 威風凜凜
   （答案合理即可）
4. (1) 輕易鳴叫；一叫就把人喚醒
   (2) 輕易不鳴，鳴則動人

《絕句（兩個黃鸝鳴翠柳）》(P.31)
1. (1) 鳥叫 / 鳴叫 (2) 對着
2. (1) ✔ (2) ✔
3. B、C、D
4. (1) 成都草堂 (2) 回復安定
   (3) 喜悅

《山行》(P.33)
1. 斜、家、花

2. (1) 山 (2) 白雲 (3) 小屋
   (4) 灰冷 (5) 紅得鮮豔耀眼
   (6) 豔麗繽紛
3. 對比；霜葉的紅
4. 從「停車坐愛楓林晚」一句可知，因為這句寫詩人為了欣賞景色而停車。

《元日》(P.35)
1. (1) 燃放爆竹 (2) 喝屠蘇酒
   (3) 換上新的桃符
2. 熱鬧；歡樂
3. (1) 聽覺 (2) 觸覺 (3) 視覺
4. B、E

《小池》(P.37)
1. (1) 憐愛 (2) 映照
2. (2) ✔
3. (1) 珍惜那細細的水流
   (2) 感情
   (3) 喜愛柔和的日光
   (4) 感情

《題西林壁》(P.39)
1. (1) 知道 / 了解 (2) 因為
2. A、B、C、D
3. (1) 身在山中
   (2) 被四周的環境擋住
   (3) 旁觀者清 (4) 當局者迷

《曉出淨慈寺送林子方》(P.41)
1. 中、同、紅
2. (1) 映照 (2) 特別 / 格外
3. (1) 荷葉碧綠又茂盛；
   (2) 陽光明媚；
   (3) 荷花特別鮮紅。
4. A、D、E

《石灰吟》(P.43)

1. 山、閑、間
2. (1) 好像 (2) 平常 / 尋常
3. (1) 千萬次錘打
   (2) 抵受熊熊烈火的高溫；
   被燒成石灰粉
4. D

《詠雪》(P.45)

1. B、C、F
2. 潔白；孤傲；高尚；不畏
   艱苦
3. 這首詩設想新奇，全詩一
   字不提雪，讀來卻滿眼都
   是雪。無論用字和布局都
   教人嘖嘖稱奇，因此令他
   們甘拜下風。

二 記事抒情篇

《七步詩》(P.57)

1. 汁、泣、急
2. (1) 燃燒
3. (1) 同一條根上生長出來的
   (2) 同胞兄弟
   (3) 煎熬豆子
   (4) 兄長殘害弟弟，借機會
      想把弟弟處死
4. B

《回鄉偶書》(P.59)

1. B（偶書：偶然即興寫下來
   的。「偶」字解即興，即
   有感而發地寫下。）
2. 詩人離家幾十年後回鄉遇
   到村童一事。
3. 容貌變化很大，變得蒼老，
   鬢髮斑白稀疏，但口音沒
   有改變。
4. A；B

《九月九日憶山東兄弟》(P.61)

1. (1) 在他鄉作客的人
   (2) 加倍 / 更加
   (3) 遙遠 / 遠遠
2. 他離開家鄉到長安，單獨
   在外面準備考試。
3. 登高、佩戴茱萸
4. (1) 思念親人
   (2) 為詩人不在家鄉感到有
      所欠缺

《靜夜思》(P.63)

1. 光、霜、鄉
2. 詩人是指皎潔的月光透過
   窗戶照射到牀前地面上。
3. 他當時孤身一人在外奔
   波，望着明月，思念遠方
   家鄉的親人、朋友。
4. C

《賦得古原草送別》(P.65)

1. 為了送別友人。
2. (1) 枯萎 (2) 生長
   (3) 積極進取的精神
   (4) 不能把它燒盡
   (5) 回復生命力
   (6) 頑強的生命力
3. (2) ✔ (3) ✔

《遊子吟》(P.67)

1. (1) 心想；恐怕 (2) 報答
2. 寫兒子出門遠行前，母親
   為他縫製衣服。
3. (1) 對偶 (2) 疊字
   (3) 比喻、反問

《憫農》(P.69)

1. 農拿起鋤土為禾苗鋤草鬆
   土，幫助禾苗生長，希望
   有更好收成。

2. 他描寫了農民在烈日當空
   下辛勤勞動，汗水滴落在
   禾苗上的情景，突出糧食
   得來不易。
3. B

《清明》(P.71)

1. (1) 綿綿細雨
   (2) 憂愁鬱悶
2. 他也受到影響，想尋找酒
   家歇息一下，避雨和紓緩
   情緒。
3. 他向牧童查詢哪裏有酒
   家。
4. 牧童指向遠處的杏花村。

《涼州詞》(P.73)

1. 你；不要
2. 出征前
3. D
4. C

《出塞》(P.75)

1. 暗示這麼多年來邊境的戰
   爭仍然持續不斷。
2. 他們有些戰死沙場，有些
   仍在邊境駐守未能回家。
3. 因為如果李廣還在，就可
   以抵禦外族入侵。
4. C

《送元二使安西》(P.77)

1. 塵、新、人
2. 你；老朋友
3. 詩中寫客棧的楊柳在雨後
   顯得青翠清新，氣氛清新
   明快。
4. 因為詩人不知大家何時能
   再見面，所以請朋友多喝
   一杯，送上祝福。

《早發白帝城)》(P.79)
. 間、還、山
. 清晨；白帝城；江陵。
. 直奔江陵；詩人歸心似箭
. 輕鬆愉快（答案合理即可）

《客至》(P.81)
. (1) 被溪水圍繞；
  (2) 每天結隊飛來；
  (3) 遠離市場。
. 因為沒有客人到訪。
. C
. D

《楓橋夜泊》(P.83)
. 異地；船上
. D
. (1) 烏鴉嘶啞啼叫
  (2) 寒山寺的鐘聲
. 孤寂愁思；低落心情

《泊船瓜洲》(P.85)
. 間、山、還
. (1) 長江 (2) 幾座山
  (3) 依戀 / 記掛
  (4) 長江南岸 (5) 喜悅
  (6) 皎潔的月亮
  (7) 重返朝廷後會再受攻擊
  (8) 鍾山閒適的生活

三 借事說理篇

《守株待兔》(P.97)
. (1) B (2) D (3) C
. 因為兔子撞樹而死只是偶然發生的事，不一定會再次發生。
. 因為他心存僥倖，想不勞而獲，這種心態是愚蠢和貪婪的。

《鄭人買履》(P.99)
1. 我
2. 用腳試鞋；只相信量度好的尺碼。
3. 買不到。因為他到市集時發覺忘了帶尺碼，於是回家取了再去，但市集已散了，所以他買不到鞋子。

《二子學弈》(P.101)
1. 全國；善於
2. B
3. 導師；智力；專注力
4. D

《論語四則》(P.103)
1. 愉悅
2. (1) 志同道合的朋友
  (2) 長處；汲取教訓

《孟母戒子》(P.105)
1. (1) 繼續 (2) 忘記
2. D
3. 知錯能改
4. B

《鷸蚌相爭》(P.107)
1. 動詞；下雨
2. 一隻鷸飛過來啄河蚌的肉，河蚌馬上把殼合攏，夾住了鷸的嘴。
3. 不下雨；曬死；拔不出來；活活餓死
4. 河蚌和鷸不肯互相讓步，結果一個漁夫把他們一起捉住了。

《折箭》(P.109)
1. (1) 二十個兒子和弟弟慕利延各拿一支箭
  (2) 折斷

(3) 把十九支箭同時折斷
(4) 鼓足力量也無法把箭折斷。道理：團結就是力量（答案合理即可）

《金縷衣》(P.111)
1. 衣、時、枝
2. (1) B (2) C
3. B

《明日歌》(P.113)
1. 做事拖延
2. 時間白白溜走；一事無成
3. (1) 對偶、比喻
  (2) 時間
  (3) 一去不返
  (4) 反問
  (5) 時間有限

《朱子家訓（節錄）》(P.115)
1. (1) 打掃庭院 (2) 鎖好門窗
  (3) 吃飯喝粥
  (4) 很多人力物力
  (5) 節制 (6) 樸素 (7) 潔淨
  (8) 精簡 (9) 做好準備

鬥嘴一班學習系列

鬥嘴一班學文言經典

漫畫編寫：卓瑩
知識內容：梁美玉
繪　　圖：Alice Ma、歐偉澄
責任編輯：胡頌茵、黃碧玲
美術設計：徐嘉裕
出　　版：新雅文化事業有限公司
　　　　　香港英皇道 499 號北角工業大廈 18 樓
　　　　　電話：(852) 2138 7998
　　　　　傳真：(852) 2597 4003
　　　　　網址：http://www.sunya.com.hk
　　　　　電郵：marketing@sunya.com.hk
發　　行：香港聯合書刊物流有限公司
　　　　　香港荃灣德士古道 220-248 號荃灣工業中心 16 樓
　　　　　電話：(852) 2150 2100
　　　　　傳真：(852) 2407 3062
　　　　　電郵：info@suplogistics.com.hk
印　　刷：中華商務彩色印刷有限公司
　　　　　香港新界大埔汀麗路 36 號
版　　次：二〇二四年七月初版

ISBN: 978-962-08-8437-5